奪い愛☆

一ノ瀬心亜（いちのせここあ）

上

プロローグ ☆

第一章 戦いは始まった

朝の出来事
僕の宝石
初、カップル?! 下校
同居人
キス?!
噂
悠の家
誘惑
天敵
涙の味
僕の天使
ゲーム開始

Cover Design : Eriko Fukui

奪い愛 ★

上 目次

第二章 男の事情 109

宣戦布告
磨刃の怒り
磨刃のファンクラブ
球技大会優勝賞品
二重人格右典
狙われた優勝賞品
磨刃のアパート
お仕置き
悠の疑問
席替え

プロローグ

あたしには気になる人がいる。
それは天里カ(あめりか)学園のアイドルと呼ばれる、三人衆。
はっきり言って、付き合えるならその中の誰(だれ)でもいい……。

あたしは、そう思ってた。

でも、いつの間にか三人はあたしを奪(うば)い合うようになった。

狙(ねら)ってくるのは、モテる男三人衆。
的(まと)は今まで彼氏がいなかった、男経験ゼロの涛川雫(なみかわしずく)。
そう、このあたし……。
ねぇ……。
あたしの初体験、いったい、どうなるの?!
あたしは無事に高校生活が送ることができるの?
誰か、教えて ── っ!!!

第一章
戦いは始まった★

朝の出来事

とりあえず三人衆のプロフィールを紹介するね。

一人目☆
守澤右典(もりさわゆうすけ)、高２。
学年トップの成績をいつも独占している彼は、優しくて後輩からの信頼も厚く、いわば優等生タイプ。
生徒会長なんかもやっていて、外見的には、そこら辺の女の子よりは遥(はる)かに綺麗(きれい)で、その綺麗なお顔に見つめられたら、たいていの女の子は一瞬でノックアウト。
でも、目も悪くもないのにいつもダテ眼鏡(めがね)をしているのは、その素顔を隠すためだと言われている。
ちなみに彼女はいないみたいだけど、右典先輩に告白した女の子は、ことごとくフラレてるから、好きな子がいるのだろうと……噂(うわさ)されている。

二人目☆
清水磨刃(しみずまは)、高１。

あたしの隣のクラスの清水君は、容姿端麗。
背が高く、まるで王子様のような彼は、近寄りがたい雰囲気を醸し出している。
そんなミステリアスな彼には隠れファンが多い。
でも、女の子と喋っているのを見たことがなく、片や女嫌いと噂されている。
性格はクールな感じで、親友の柳悠の前でしか笑ったのを見たことがない。
時折見せる、切ない顔には悩殺されまっす！

三人目☆
柳悠、高1。
唯一彼だけがあたしと同じクラスなんだけど、悠君は三人衆の中で一番身近に感じる存在かも！
スポーツ万能で話しやすい彼は男女問わず人気がある。
女の子に関しては結構遊んでるみたいで、とっかえひっかえ状態を繰り返している。
まぁ、モテるから仕方がないんだろうけど、そういうのってどうなの？って余計な心配をしたりする。
悠君はルックス的には動物系でメチャクチャ可愛いんだ！
あの顔で甘えられたりしたら失神しますよ。
どんな子でもね……。

以上が、三人のプロフィールなんだ！

――で、あたしは、この三人衆から狙われることになる。

***

清々しい春の木漏れ日が降り注ぎ、穏やかな日差しが照らす毎日。
高校に入学して1ヶ月が過ぎて、やっとクラスにも馴染んできた頃、朝一番に学校に行く楽しみを一つ覚えていた。
それは三人衆の一人、清水磨刃が弾いているピアノを聞くこと。

1週間前の朝、偶然に音楽室の前を通ったら、そこから聞いたこともないような綺麗な音色が聞こえてきた。
それにつられて音楽室をそっと覗いたら、清水君が繊細な音を奏でていたんだ。
その日からあたしは毎日のように、朝一番に音楽室へと通っている。
だってね清水君、ピアノがメチャクチャ上手いんだよ！
それにね、ピアノを弾いてる彼はどこか儚げで、一度見てしまうと本当にヤミツキになってしまうんだ。
だからまた、その音色を聞きたくなって、毎朝のように足を運んでいる。
これは誰にも内緒なの。
あたしだけのお楽しみ！

なんてね……。
あたしはいつものように音楽室にやってくると、その部屋の中に神経を集中させた。
だけど、いつも聞こえてくるはずのピアノの音色が今日に限って聞こえてこない。
今日は清水君いないのかなぁ？
なんか、つまんない……。
あたしはそう思い、踵を返してその場から立ち去ろうとした瞬間、すぐ後ろにいた人物に思わずぶつかってしまった。
あだだだだ……。
「──大丈夫？」
「あのっ、すいませっ……んっ！」
って、なんであたしが謝ってんの？
そんなとこに、ぬぼーって突っ立ってたら邪魔だっつぅーの！
おまけに、鼻打っちゃったじゃんか!!
あたしは鼻を押さえながら、自分にぶつかってきた人物を見上げた。
その瞬間。
思考が停止した気がした……。
嘘……?!
目の前であたしのことを見下ろす人物。
その人は、毎朝日課のように会いにきていた人物、清水磨刃だったんだ。

おまけにあたしと清水君の距離はわずか5センチ。
どどどど、ど～し～よ～??!
"こんな近くで、三人衆の一人を見たことがあるか？"
そんなことを思うくらい近い距離だったから、あたしはそのまま失神しそうになった。
でもね、当の本人清水君はというと、あたしのことなんか全く気にしていないのか、額にかかっている前髪を、小指でダルそうに横に掻き上げると、あたしからすぐに視線を逸らして口だけを動かした。
「あのさ、ストーカーみたいな真似はやめてくんない？
正直ウザいんだけど」
清水君はそれだけ言うと、そのまま音楽室の中へと消えていってしまった。
もっ、もしかして、バレてた?!
もう、合わす顔がないよぉ！
穴があったら入りたーい!!!
その穴を掘るわけにもいかず、あたしはただ恥ずかしさで頬を赤く染めながら、そのまま自分の教室へと逃げるように足を進めた。
やっぱり清水磨刃って、女嫌いなのかもっ!!!
凄く、冷たい眼差し。
まるで、あたしを"拒絶"しているみたいだった。
あたしの、清水磨刃と付き合う夢は無謀なのかもねぇ……
(とほほ)。

10　第一章　戦いは始まった

あたしはやっとの思いで教室にやってくると、自分の席に腰を下ろした。
すると、それを待っていたかのように教室の扉が開いた。
──ガラッ！
あたしは、自分以外でこんな朝早くから学校に来る奴もいるんだ？という不思議な思いで、その扉に自然と視線を移した。
その教室の扉から入ってきた人物とは、三人衆の一人、同じクラスの柳悠だった。
ええ？
悠君??!
遅刻常習犯の彼は、眠そうにあくびをしながら教室の中へと足を進めてきた。
胸元には、十字架のシルバーのネックレスが揺れていた。
制服の袖から覗いているチェーンのブレスレットは、ジャリジャリッと音を鳴らし、手にはいくつも指輪をしている。
黒い髪のロン毛の出で立ちは、ちょっと彼を悪っぽく見せていた。
でもあたしは、そんな彼のファッションは嫌いではない。
彼は別に不良でもなく、ただ……個性的なファッションをしてるだけで、清水君みたいに近寄りがたい感じはしなかった。

そんな彼が一番後ろの自分の席に着くとすぐに、鞄を開けて絶叫している。
あたしはその声に神経を集中させた。
「やっべ、宿題忘れたぁ！　昨日一生懸命やったのにぃー!!」
悠君が宿題?!
いつも、授業中に寝てる人が？
今日は雨が降るわよ。
っていうか、槍が降ってくるかも?!
あたしは、自分の席から遠く離れた彼の席に視線を移した。
すると、どうだろう……。
視線を向けたあたしと、今まさにあたしの存在に気がついたのか、こちらに視線を向けている彼と言葉は交わさずとも、心の中で意気投合したかのように、一瞬にして目が合ってしまった。
やばっ！
その瞬間。
あたしは黒板の方に視線を戻す。
教卓の前の席のあたしは、視界に映るチョークで汚れたそこに視線を集中させた。
けど……。
ガタッと椅子を引く音が背後の方でしたので、肩を震わす。
と同時に、彼の足音であろうものが自分にゆっくり近づいてくるのがわかって、震えて汗でビッショリになった自分

の手を、膝の上で重ね合わせた。
コツコツという彼の足音……。
ドキドキというあたしの震える心臓の音……。
それらが互いにシンクロしていた。
「おいっ、お前……！」
「っ……」
彼は、教卓に「よっこいしょ」と言いながら腰を下ろすと、そのふてぶてしい動作のままあたしに話しかけてきた。
至近距離で彼に見つめられたあたしは、言葉を失う。

高校に入学してから１ヶ月。
三人衆の一人、柳悠の存在はクラスのどこにいても誰といても目立つ。
目立つから……彼の行動範囲はだいたいわかるし、何度となく"友達になりたい"とか"彼女になりたい"だとか、そんな無謀なことを思っていた。
そんな妄想を、頭の中で描いていたあたしだったけど、無論喋ったことはなく、こうして彼本人の視界に自分が映し出され、彼本人から自分に話しかけてくれてることでさえ、夢が現実かわからなくなりそうになってしまう。
これは夢?!
でも、夢にしてはリアルすぎる……。
「お前、名前は？」
「涛川……雫……」

彼にそう聞かれ、顔を赤くしながら答えるあたし。
そんなあたしは、同じクラスとはいえ、彼に名前すら覚えてもらえていなかったことに、ヘコんでしまう。
「雫っていうんだ？　雫さぁ……宿題、見せてくんない？」
"シズク"
って、彼の唇が自分の名前に添って動いた。
それだけで、心臓が加速を始める。
"もう少し、長い名前だったらよかったのになぁ〜"なんて、思わずにはいられない。
「いいですよ……」
宿題、宿題のノートと……。
自分の鞄から、昨日やった宿題のノートを取り出しながら、頭の中にはある考えが浮かんだ。
待てよ、宿題のノートをタダで見せるの？
宿題を見せて終わり……。
名前を教えたにもかかわらず、明日にはクラスの同級生のの中の一人。
いちクラスメイトになっちゃうんだ……。

そんなの……そんなのって、絶対にイヤだ！
初めて言葉を交わした、この日を偶然にはしたくないもん!!!
そう思ったあたしは、
「宿題のノートを見せてあげる代わりに、あたしを悠君の

彼女にして？」
彼に、とんでもないことを口走っていた。
後々、このことを後悔することになるとは、この時にはまだ予想もしていなかった。
でもあたしがそう言ってしまってから、我に返るまでの数分の間、その言葉に一番驚いてしまったのは、何を隠そう自分自身だった。

どええええ?!
あたし、今何言った？
人間何かを思うと、何かを感じると、突拍子もない言葉を口にするもんだと、驚きが脳裏を駆け巡る。
「はぁ?!　俺様の彼女にしてほしいだぁ～？」
彼は、ひょいっと教卓から降りると、目の前に立ち、あたしの顔を見下ろしてきた。
「あのっ、そのっ……」
あたしは、そのまっすぐ自分を見てくる視線から目が逸らせない。
あたし、とんでもないこと言っちゃったよぉ！
でもあたしの言ってしまったことは、あとの祭りで自分を見下ろして輝きを放つ、まるで黒真珠のような彼の瞳から金縛りにあったみたいに全く視線を動かせない。
いや、その吸い込まれそうな瞳に見とれてしまっていた。
彼はくすっと意味深に笑みを零すと、そのまま口を開いた。

「でもさ、俺、女いるよ？」
「しっ、知ってます！」
「その女って、一人や二人じゃないよ？」
「だから、知ってますってば‼」
「ふ～ん、そんなに俺の女になりたいの？」
彼はいかにも余裕ありげに、にやっと含み笑いをしたかと思うと、なんとあたしの髪の毛に自分の指を絡めてきた。
「なりたいっ……です」
「そこまで言うなら、いいけど。その代わり、今ココで、俺にキスしてみ？」
「えっ？」

今、なんて？
あたしは顔を赤くしながら、ガタッと音を立てて椅子を後ろに引き、自分の髪の毛に絡んでる彼の指から逃れた。
「何、できねぇーの？」
「……だっ……て」
「あのね、男と女が付き合うっていう意味、わかってんの？　付き合うってことは……キスをしたり、それ以上のことをしたりするわけよ？　こんなんで照れてたら、俺と付き合えねぇーし！」
「っ！」
彼の言うことは、ごもっともだ。
あたしだって、そんなことぐらいはわかってる！

でも、キスなんてしたことないし……。
あたしからだなんて無理だよぉ……!
あたしは彼になんて返答をしていいのかわからなくて、さらに赤面してしまった。
彼は、そんなあたしの反応を楽しんでいるのか、もしくは予想をしていたのか、いたずらっ子のように笑うと「まぁ、ノートは借りるな! すぐに返すし!!」、そう言って、机の上から宿題のノートを手に持つと、コンッとそれであたしの頭を節いて、後ろの自分の席へと戻っていった。
っんもう、人をからかってるの?!
あたしは彼に叩かれた頭をさすりながら、この場を振り返る。
でも……。
今のってもしかして、悠君の彼女になれるチャンスだったのかなぁ～?
夢にまで見てた三人衆の一人の"彼女"という存在。

初めての彼氏が、柳悠君だなんて……。
最高かもー!!!
そう思い直したあたしは、今度はあたしの方から彼の席に足を進めた。
彼は目の前にやってきたあたしに、"まだ、何か用?"的な視線を向けてくる。
でもそんなの構うもんか!状態のあたしは、彼の目の前に

立つと、見下ろした彼の胸ぐらをグイッと掴んで、そのまま彼の唇に自分のそれを押し当てた。
そして、すぐに離れた。
触れたか触れていないかわからないぐらいの、あたしにとってはファーストキス。
それは、夢に描いたようなものとはかけ離れていて、自分から付き合ってもいない男の人にしてしまったもので、そんな自分のありえない行動に戸惑ってしまう。
なんかメチャクチャ恥ずかしいし……。
初めて感じた他人の唇の感触は、ぷにって感じの柔らかいものだった。
「ゆっ、悠君。彼女に……ごっ……合格ですか？」
こんなに大胆なことをしたのは、生まれて初めての経験だった。
あたしの体は、そこに地震が起きたかのように震えていた。

どうでもいいけど、なんか言ってよぉ！

彼が口を開くまでのこの数秒間が、何十時間にも感じた。
まるで死刑を宣告されるかのようだった。
彼はあたしの腕を掴み、そのまま椅子から立ち上がった。
「あのね、子供チューで満足できるかっつうの！　よく覚えとけ。キスってのはこーすんの！」
「えっ？　ちょっ……んんっっ……」

18　第一章　戦いは始まった

彼の声が耳に届いた瞬間、今度は彼から唇を重ねてきた。

ええ？
今、何が起きてるの？
その出来事はあっという間で、あたしは目をパチクリさせてしまった。
その間にあたしの口の中に何かが入ってきた。
ってこれって……。
まさか？
「っン。やっ……」
やだやだ!!
こんなキス、知らないっ!!!
あたしは彼から離れようと、必死にもがいた。
けど彼に、後頭部を押さえ込まれて逃げられないようにされた。
「やっ、離し……て……」
やだよ……。
あたしは自分の口内で動き回るソレから、必死に逃げようとした。
頭がクラクラする……。
初めて味わう感覚、初めての行為、ただのキスとはいえども立ってるのがやっとだった。
酸素だって上手く吸えない。
彼の胸を叩いて、必死に抵抗を試みる。

でも、やっぱり無駄だった。
「黙れって、そのままもっと気持ちよくしてやっから」
彼はそう言う。
もうやだ、気持ち悪いよ！
ドンッ!!!!!
次の瞬間。
あたしはすごい勢いで、彼を思いっきり突き飛ばしていた。
「痛えっ！」
彼は、突き飛ばされて30センチほど後ろに下がったけど、すぐに体勢を立て直した。
これが火事場の馬鹿力というものか、人間ピンチになればなんとかなるものだ。
あたしはやっと離れた彼から、視線を逸らす。
そして彼がたった今まで触れていた自分の唇を、制服の袖で拭った。
「あのっ……あたし……」
あたしが彼に向かって再び口を開いた瞬間、教室の扉が開き言葉は遮られた。

——ガラッ！
教室の扉からは、学校の始まりを告げるかのように、クラスメイトが次々とやってきて、ガランとしていた教室内を埋めだした。
あたしは急いで彼の席から離れて、おずおずと自分の席へ

と戻った。
けど、脳裏に過るのは先ほど彼と絡み合った舌の感触、混ざり合った唾液。
彼の顔をより近くに感じた瞬間の、自分の心臓の鼓動だった。
やだ、あたし変?
そういえば、あたしと悠君って、付き合うことになったのかな?
あのキスはなんだったの?
あたしは、再び彼の方に視線を移した。
彼はというと、やってきたクラスメイトと雑談に花を咲かせていた。
ニコニコする笑顔が眩しい……。
でも彼は友達と雑談を交わしながら、こっちの方に視線を向けてくる。
視線が絡んでしまう。
こっちを、見てる?
あたしは恥ずかしさから、また黒板の方に視線を戻して彼の視線から逃げた。

「雫〜おはよん!」
その時。
クラスで一番仲のいい、親友の絵里禾があたしのもとへやってきた。

「おはよ、絵里禾！」
あたしはさっきの出来事を思い出すと、心の底から笑うことができず、必死に作り笑いを彼女に向けた。
彼女はそんなあたしには興味がないのか、あたしが座ってる席の横にしゃがみ込むと耳元でヒソヒソと何やら言ってきた。
「雫って……柳悠と、どういう関係なの？」
「っ……？」
何を言い出すんだこの子は……！
いきなりそんなことを聞かれて、あたしはかなり驚いた。
「関係って、そんなの、あるわけないじゃん!!」
「嘘つきなよ！　柳悠と、さっきまで、二人っきりだったでしょ？」
「それは、偶然だよ……」
そう否定はしてみたものの、頬が赤く染まって、心臓がビクンと、飛び跳ねてしまったのが自分でもわかった。
その時、ジャラジャラとブレスの音を鳴らしながら、悠君が目の前までやってきた。
そして、視線を絡めると口を開いた。
「よお、雫！　さっきはノートさんきゅうな！」
突然、そう声をかけられた。
あたしと絵里禾は驚いて彼の方に視線を移す。
彼からノートを受け取ったあたしは、平静を装いながら口を開いた。

「悠君、もう終わったの?」
「おう。俺、写すのはえーからよ」
「へえ。そうなんだ……」
彼はさっきのことなどまるで何事もなかったかのように、普通にケラケラと笑いながら話しかけてくるので、少し安心した。
しかし絵里禾にしてみたら、昨日まで会話をしているのを見たことがなかったあたしと悠君が、仲良く話しているのが不思議で仕方がなかったんだろう。
「ねえ柳君。雫とどういう関係なの?」
彼女はいきなりそう聞いた。
ちょ……。
何を、聞くの?!
そう聞かれた当の本人は、しばらく考えてたけど、「雫は、一応、俺の女だよ!」そう答えた。
「ちょっ……! 悠君、やめてよっ!」
あたしは咄嗟に、彼に反論した。
目の前の彼は、そんなあたしの態度に不思議そうな顔をしている。
「なんで? お前、俺の女になりたかったんだろ?」
それはそうなんだけど……。
"悠君の彼女"っていう立場に、やっぱり不安を感じてしまうんだ。
「えっ? 柳君と雫って、ええっ? そうゆう関係なの?!」

絵里禾は、驚きが隠せない顔をしている。
「……うん。まぁ……ねえ……」
あたしはこれ以上否定できなくて、視線を下げながら、肯定するしかなかった。
「よっしゃ！　認めたな！　んじゃさっそく、今日の放課後は一緒に帰るべ？」
彼はそう言うと、あたしの頭を二回ポンポンと叩いてから、自分の席へと戻っていった。
彼が自分の席へと戻っていくのを見送ったあと、絵里禾が真面目な顔をしてあたしの顔を見つめ、その口を開いた。
「ちょっと、雫！　柳悠と付き合ってるって？　冗談でしょう？　あんたまさか、脅されてるんじゃないの？」
「違うよ。あたしから悠君に"彼女にして"って言ったんだもん……」
「マジで？」
「マジです……」
あたしは呟くように、ぼそぼそと答えた。
「ちょっ！　悪い事は言わないからやめなよ！　あんた、遊ばれて捨てられるよ？　男経験ゼロの涛川雫と、100人斬りの柳悠じゃあ……釣り合わないって！」
「ねぇ絵里禾、100人斬りって何よ？」
「つ・ま・り、付き合ってすぐにヤられて、捨てられちゃうってことよ！」
彼女は、肩を震わせながらそう言った。

"ヤられる"
彼女のその言葉に、あたしは唇を噛み締めた。
それは、それって、やっぱりそういうことだよね？
その、男と女の危ない関係……みたいな？
でもね、絵里禾。
あたしは初体験をするなら、あくまで理想なんだけど、あの三人の中なら誰でもいいから、その一人に優しく抱かれたいとかって、思ってたりするんだよね。
あくまで理想だよ？
多分、現実にはそんなことはありえないことなんだけど……。

「とにかく！　脅されてるなら柳悠に断りな！っていうか、私が言ってあげようか？」
あたしの思いをよそに、彼女が淡々とそう言う。
彼女からすれば、親友の"大ピンチ"そういったところなのだろう……。
でもあたしは、
「あっ……遊ばれてもいい！」
そんな言葉を発した。
「はぁ?!」
あたしの発言に彼女は、すっとんきょうな声を出した。
彼女にそう言ってはみたものの、喉から出た言葉に何を隠そう自分自身が一番驚いていた。

当然のごとく、彼女は口をぽかーんと開けながら、目の前で間の抜けた顔をしていた。
その時。
運がいいのか悪いのか、一時限目が始まるチャイムの音が教室に鳴り響き、彼女はそのまま自分の席へと戻っていった。
あたしは、彼女がいなくなると、またもや、"あのキス"のことを思い出していた。
そして不意に、彼のあの言葉が蘇る。
"気持ちよくしてやっから"
ヤバい。
あたし、変だ。
あたしは、なるべく朝の出来事を考えないようにした。

あれから彼女は、休み時間ごとにあたしのもとへやってきては、悠君のことをとやかく言ってきた。
でも、あたしの決意というか、思いは変わらない。
"やっぱり、遊ばれてもいい"
とかって思ってしまう辺り、あたしはかなり重症かもしれない。
──放課後。
教室であたしが教科書類を鞄に詰めていると、悠君がいつの間にか目の前にやってきていた。
「おいっ！　帰るぞ？　なんだ、その間の抜けた顔は？」

「まっ……マヌケって、失礼な！」
「"マヌケ"じゃなくて、"間の抜けた顔"っつったんだが、まあ、どっちでもいっか。つうか、そんなことはこの際どぉでもいいんだよ！　一緒に帰る約束を忘れたのか？」
彼は、あたしが言葉を挟む暇を与えず、独り言のようにベラベラと喋っている。
「忘れてないです」
「んじゃあ、帰るぞ？」
彼はそう言うと、教室の扉へ先に歩きだした。
彼のあとを追いながら、絵里禾の方をチラッと振り向くと、彼女は腕で大きく"×印"を作っていた。
あたしは"ゴメン"と、自分の腕で大きなアクションを返すと、彼のあとを追って教室を出た。

僕の宝石

右典side

いつもの放課後、いつもの生徒会室で、僕はぼんやり窓から校庭を眺めていた。
僕は1日のうちで、この時間が一番好きかもしれない。
慌ただしく過ぎる1日の時間。
先生からの心にもないような褒め言葉。
クラスメイトからの愛想笑い。
優等生としての期待。
知らない女からの呼び出し。
毎日、ホント疲れる……。

でもね、雫ちゃん……。
君に出会ってから、僕はね、毎日が楽しいんだ。
どうやって君に僕の存在を知らせようかと……。
いや僕は有名だから、君はもうすでに知ってるのかな？
僕は計画を立てている。
君と僕との未来の計画を……。
まずは、"最高の出会い"だね！

そんなことを考えていた時。
僕の目に映ったのは、雫ちゃんと悠が一緒に下校してる姿だった。
悠と雫ちゃん?!
どうして?
その子は、僕の宝石なんだ。
僕の………宝石を汚す奴は誰だろうと許さない!
僕は窓をピシャッと閉めると、そのまま椅子に深く座り込んだ。
僕が椅子に腰をかけると、それを待ってましたと言わんばかりに生徒会室の扉がノックされた。

——コンコン。
「……はい」
僕がその扉に向かって返事をすると、扉から副会長の村上が顔を出した。
「会長、失礼します……」
「何、村上。なんか用?」
僕はずり落ちてきた眼鏡をクイッと上げながら、目を細めると村上の顔を見た。
コイツは、生徒会長選挙で僕に負けて嫌々副会長になった奴だ。
僕にこき使われるのが気に入らないらしい……。
「この資料なんですが、確認してここにハンコをお願いし

ます！」
「ああ……」
僕はいつも持ってこられる、まとめられたプリントにハンコを押すため引き出しから自分専用のハンコを取り出す。
そしてそれらのプリントにハンコを押しはじめる。
もうすぐ、もうすぐで、雫ちゃんは僕のモノになる！
全てのシナリオは揃ったんだ。
いくら幼馴染みの悠にだって、譲れない！

——ガタ。
イライラして僕は席を立ち上がった。
「会長？」
急に立ち上がった僕を、村上が不思議そうな顔をして見ている。
「僕、急用があったんだ。ハンコなら明日にでも確認してまとめて押すよ！」
僕は村上にそう告げると、足早に生徒会室をあとにした。

初、カップル?! 下校

校門をあとにして肩を並べて歩くあたしと悠君は、端から見たらやはり今時のカップルで、普通に恋愛を楽しんでる高校生に見えるだろう。
けど他(ほか)のカップルと違うところは、
"付き合ってあげてる男"と、"付き合ってもらってる女"。
"100人斬りの男"と、"恋愛初体験の女"。

やっぱり、優先順位とか全てにおいて、あたしが一番になることはないのかもしれない。
会いたくても、ワガママを言ってはいけない都合のいい女という位置なんだ。
それは仕方のないことなんだけど、果たしてあたしはそれに耐えられるか不安だった。
初カレが学園のアイドルの三人衆の中の一人っていうのは嬉(うれ)しいんだけど、彼にとってあたしは、やっぱりその他大勢の中の一人ってことなんだよね……。
そんなことは、初めからわかってたんだけど……。
そう考えると、少し切ないものがある。
だって、付き合ったら絶対に、あたしは彼を今以上に好きになる自信がある。

けど……。
彼にとったら、いつ捨ててもいいようなゴミみたいな存在。
それを考えると涙が出てくるよ……。
あたしは悠君と並んで歩きながら、歩く距離は近いのに……彼との心の距離は遠い感じがして、切なくて会話が見つからなかった。
けど、そう感じているのはあたしだけで、彼はさっきから何やらペラペラと喋ってた。
でもその声は今のあたしに、届くことはない。
そう……。
彼が、大声を出すまでは……。

「おいっ、いいのか？」
「えっ？　あ、うん？」
あたしはその大きな声でやっと我に返って、頷きながら彼の方に振り向いた。
「そうか！　いいのか？　じゃあ、茶でも用意して待ってるな！」
え？
なんの話……？
悠君はあたしにニカッと、今まで見たこともないぐらいの最高の笑顔を向けると、テンション高めにスキップしている。
でもそんな彼の話は上の空で、考え事をしていたあたしは、

もちろん話の内容なんか聞いてはおらず、頭の中は、クエスチョンマークが横にいっぱい並んでいた。
あのぉ……。
悠君、誠に申し訳ないんですが、話を聞いてませんでした……。
なんて、今さら言えるわけがないよね？
「雫ん家って、こっちで合ってるよな？」
「あっ……う、うん」
「なんだ。案外、雫の家って学校から近いな！」
「あの……悠君……」
「あーん？」
しょうがない。
やっぱり本人に聞くべきか……。
彼はあたしの問いかけに、歩いていた足を止めこちらを向く。
「さっきの話なんだけど、"待ってる"って、何かなあ？なんて……」
「もしかしてお前、人の話を聞いてなかったのか？ 日曜日、俺ん家に遊びにくるって話だろーが！」

ええっ？
なんですとー?!
いきなり家って、それってヤバくないですか？
あたしは朝、絵里禾の言ってた言葉を思い出した。

"100人斬り"
あたしは、101番目ですか？
冗談でしょう……。
そう色んなことを考えてるうちに、いつの間にかあたしの家の前に到着していた。
なんだ……。
今日は、真面目に送ってくれたんだ？って、当たり前だよね。
朝、あんなことがあったわけだし、いくら悠君でも帰りは真面目よね？
「じゃあ、ありがとう。悠君……」
あたしは彼にそう言って、そのまま家の中に入ろうとした。
けど次の瞬間、あたしの腕は彼に掴まれていた。
「えっ、あの？」
悠君はあたしに何も言わない。
ただあたしの顔を見つめ、可愛らしく小首を傾げると、そのまま自分の顔を近づけてきた。
これって……。
まさか……。

ぐぎぎ――!!!
「あだだだだ！」
やだっ！
あたしはそんなに軽くないんだからね!!

あたしは自分に近づいてきた彼の顔を、無理やり右方向に押し向けると笑顔で口を開いた。
「悠君、じゃあまた明日!」
「痛っ。つうか、アドレスと番号ぐらい教えろよ?」
「うん、そうだったね。じゃあ赤外線で!」
こうして、あたしと悠君はお互いのケー番とアドレスを交換すると、そのまま別れた。

⭐ 同居人

——バタン。
あたしは家の中に入ると、震えて高鳴る心臓を右手で押さえた。
なんか、凄く不思議……。
今日の出来事がまるで夢みたいで……。
あたし……。
悠君の"彼女"にちゃんとなったんだよね？
彼の顔が、あたしに近づいてくるたびに、ドキドキしてた。
彼の綺麗な黒真珠の瞳に私が映し出されるたびに、恥ずかしくて堪らなかった。
彼がモテる理由が、今日1日でなんとなくわかった気がした。
明るくて人懐っこくて、そして女の子を虜にする要素をいっぱい持ってる気がする。
そんな悠君と、あたしは付き合ってるんだから、そのうち……。
そんなの……。

無理無理無理！
絶対に無理!!!

そんなの、ありえないっつうの!
「……だって、恥ずかしいじゃん!」
「……何が、かな?」
ふえ??!
あたしは玄関で頬を赤く染めてしゃがみ込んでいる。
そしてため息混じりに思わず言ってしまったその一言。
でも誰もいない家から返答なんてあるはずがないのに、後ろから、綺麗なそんな声がしたのだ。
「だって、だって……」
あたしはそう言って、しゃがみ込んだままの状態で、その声がした方に恐る恐る目をやる。

───?!!

「こんにちは。初めまして!」
何事もなかったかのように、同じ目線でしゃがみ込んでいる男の人が目の前にいた。
綺麗な瞳がまっすぐあたしの顔を見つめている。
そして、満面の笑みで微笑んでいる。
この顔、どこかで……。
って……ええ?!
嘘でしょう──?!
あたしはへっぴり腰の状態で、ただ口をパクパクさせることしかできず、それ以上言葉にならなかった。

「雫ちゃんだよね？　僕は守澤右典。お帰り……キミのこと、ずっと待っていたんだよ？」
「なんで？　ここって、あたしの家ですよね？」
「うん、そうだよ！っていうか僕のことを知ってるの？」
そりゃあ、もう、あなた……。
知ってますとも!!!
うちの学校で、三人衆を知らない女子はモグリかオタクだけですよ。
「あの、守澤先輩、うちのママは？」
「買い物に行ったよ……僕は留守番を頼まれたんだ」
守澤先輩はニッコリ微笑むと、立ち上がった。
「留守番って、どうしてですかぁ？」
何が、どうなってるの？
だって。
自分の家に帰ってきたら、三人衆の一人、守澤先輩が家にいて、おまけに留守番だなんて……。
これはもしや……。

夢?!?

そうよ、そうに決まってるわ！
あたしは自分のほっぺたを思いっきりつねってみた。
あだだだだ……。
でもそこには、痛みが走る。

ねえ、もしかして、これって夢じゃないの?!
その時。
運よくか悪くか、ちょうど買い物から帰ってきたママが、あたしがしゃがみ込んだままの状態で背中を向けている玄関の扉を思いっきり開けてきた。
バンッ!
もちろんあたしは、なんの前触れもなしに開けられたその扉にお尻をぶつけた。
「痛ぁ〜い!!」
「あら、雫? 邪魔よ。邪ー魔!」
あのう、ママ。
まずは最初に、"大丈夫?"とか、言うんじゃないでしょうか?
ママはあたしにはお構いなしに、さっさと玄関に入ってくると、あたしではなく守澤先輩の顔を見ながら口を開いた。
「あら、右典君。留守番ありがとうね! 同じ学校なのに、雫のバカったら帰りがいつも遅くてね……いつもどこで寄り道をしてくるのかしら? 嫌んなっちゃうわ! ホホホ〜」
何が"ホホホ〜"よ!
ママ、キモいし……!
あたしは守澤先輩に気づかれないように、ママを小さく睨んだ。
「いえ、たまたまですよ。僕もいつもは生徒会で帰りが遅

いんですよ」
「そうだったわね！　右典君の成績は常に学年トップで、生徒会長なんかもやっていて、うちのアンポンタンの雫と大違いだものね。右典君の脳ミソを少し雫に分けてやってほしいわ！」
あのね……。
バカの次はアンポンタンですか？
あたしがバカなのは、何を隠そうママに似たからだもん！
遺伝よ……遺伝!!
「脳ミソがだめなら、せめて右典君の爪の垢でも煎じて飲ませたいぐらいだわ！」
ちょっ、ママぁ！
それって……。
飲んでみたいじゃないかぁ!!!
って、そうじゃないでしょ。
あたしはそんなママを無視して、本題に入った。
「それで、ママ。なんで守澤先輩が家にいるの？」
「あら、あんたに話してなかったかしら？」
「聞いてないから、聞いてるの！」
あたしは今度は、ママを思いっきり睨んでやった。
でもママは怯むこともなく、淡々と言葉を続けた。
「右典君を今日からしばらくの間、うちで預かることになったのよ！　以上。質問ないわね？」
「へえ、そうなんだ。って、ちょっとママぁ?!　なんの説

明にもなっていませんけど?!」
「あら、雫は右典君がここに住むのは反対なの?」
「はんたい……」
「反対……?」
守澤先輩とママはあたしの顔を見つめ、あたしの反応をうかがっている。
っていうか……。
「反対なわけないじゃない!」
「そうよね、雫ならそう言ってくれると思ってたわ!」
あたしは、自分でも驚くほどに早い結論を出した。
洋服選びなんか、1日でも足りないこともあるぐらいなのにね……!
ママはあたしが嫌がるわけがないと確信していたのか、そう言うとスーパーの袋を手に持ち直して、そのままキッチンへと向かっていった。
あたしが面食いなのは、きっとこれもママに似たんだわ。
ママがいなくなったので、玄関に残されたあたしと守澤先輩の間に静かな空気が流れた。
その沈黙を破るように先に口を開いたのは、守澤先輩の方だった。
「そうそう僕の部屋。雫ちゃんの部屋の隣だからヨロシクね!」
「はい……」
あたしの部屋の隣って、あの部屋?

物置じゃん?!
「ねぇ、雫ちゃん。いつまで玄関にいるつもり？　家に上がらないの？」
「上がりますよ！」
先輩にそう言われて、ぷくっと頬を膨らませた。
っていうか、守澤先輩は本当にこの家に住むのですか？
あたしは、今日1日で頭がおかしくなりそうだった。

——この日の夜。
あたしとママと守澤先輩は食卓を囲んで、仲良く？かはわからないけど夕食を食べた。
あたしの家はパパが単身赴任中だから、今はママと二人っきりの生活なんだ。
本当は兄妹とかがいれば楽しいんだろうけど……。
だからかママは新たな家族を心から喜んでるみたいだった。
あたしはずっとママと二人っきりの生活だったから、守澤先輩がここにいることに、いまいち実感がわかない。
でも……。
不思議なことに、別に嫌ではない。
あの守澤先輩だからとかいうんじゃなくて、上手くは言えないけど、ママと一緒の気持ちだと思うんだ。
いつまで一緒に住むかはわからないけど、少し楽しくなりそうな予感がしていた。
夕食を食べ終わると守澤先輩が先にお風呂(ふろ)に入った。

だから、あたしはとりあえず自分の部屋に向かった。
自分の部屋に向かう途中、あの物置部屋を恐る恐る覗いてみた。
すると、ママがいつの間にか掃除でもしたのか……。
物置部屋だった部屋は、ちゃんと人の住める部屋になっていた。
おまけにその部屋には、守澤先輩の私物がいくつか置かれていた。
あたしはそのままその部屋を通り過ぎると、自分の部屋に入り、疲れてベッドの上に腰を下ろした。

――コンコン。
それからしばらくして、部屋のドアがノックされた。
部屋のノックの音とともに、やってきたのは守澤先輩だった。
守澤先輩はバスタオルを首から肩にかけて、あたしが返事もしていないのに当然のように部屋の中に入ってきた。
「お風呂出たけど、雫ちゃんも入ってきたら？」
「もっ、守澤先輩？　ダメ！　ダメですよー！　出ていってください‼」
あたしは咄嗟に、ベッドから立ち上がると先輩に駆け寄った。
そして自分の部屋に侵入してきた先輩の背中を必死に押した。

それはね、あたしの部屋が今時の女の子の部屋にしては、とてつもなく汚いからだ……。
"あの守澤右典に、この汚い自分の部屋を見られるなんてとんでもない！"
そう思ってあたしは慌てて、先輩を自分の部屋から追い出そうとした。
なのに、それは無駄だった。
先輩に軽くかわされ、なんなく部屋の中に入ってこられたからだ。
おまけにバッチリこの荒れ果てた部屋中を見られている。
脱ぎ捨てられた衣服に、床に積み重なった雑誌にマンガ本。
そこら辺に転がってる小物。
その散乱していた物の小山は、先輩の侵入してこようとする経路を邪魔していた。
あたしって、女じゃない??!

「あはははっ。凄いねぇこの部屋……」
いやぁ〜!!!
もう、先輩が遊びにくると知っていたなら、隅々まで掃除をしていましたとも ── !!!
コロコロを部屋中に転がして、掃除機で何もかも吸い取り、雑巾でピカピカに拭いてましたとも ── !!!
「でも僕、このくらい汚い方が落ち着くんだ！」
嘘つけぇ！

守澤先輩はあたしの部屋がこんなに汚いとは思っていなかったのか、そんなフォローの言葉をくれる。
でも、その綺麗な顔は、そんな言葉とは裏腹に引きつっている。
だいたいそんな涼しい顔をして、そんなことを言っても、何も出ないっスよ。
出てくる物といえばホコリだけですよ？
わかってますか？
「雫ちゃん？」
あたしが固まったまま、言葉を発しなくなったので、先輩が顔を覗き込んできた。
ちょ、顔……近っ！
「お、お風呂、入ります」
「うん、わかった」
っていうか、なんかドキドキした。
眼鏡を外して、いつもと雰囲気の違う先輩に、あたしはノックアウト寸前になっていた。
これが漫画なら、背景にバラの花なんかいっぱい用意するんですけど……。
今の背景は黒一色。
泥棒でも逃げていくわよね、きっと。
あたしは先輩から出ているフェロモンに、酔いそうになっていた。
そんな先輩が踵を返して部屋を出ていこうとしていたけど、

何かを思い出したようにあたしの方に振り返った。
「でもさ、雫ちゃん……本当のとこはどうなの?」
「えっ、何がですか?」
「うん、僕がこの家に住むのに、やっぱり抵抗あるんじゃない? だってね。いきなり知らない男が居候(いそうろう)するんだよ?」

知らない男ではないですよ……?
先輩はあたしの通う天里カ学園では、メチャクチャ有名ですもん!
誰もが憧(あこが)れる、スーパーアイドル三人衆の一人なんですから!
当の本人は、まったく気がついていないかもしれませんけど……。
「あたしは一緒に住むの平気です。それに守澤先輩、女の子みたいに綺麗な顔してますもん!」
「あのね……」
今度はあたしが仕返しとばかりに先輩にそう言ってやった。
フォローとかじゃなくて、これは本当のことだ。
っていうか、お風呂上がりの先輩は女顔負けですってば。
あたしなんか戦う前に、不戦敗だもんっ!
「そっかぁ、なら、よかったりする。実は両親が離婚して、どっちかが僕を引き取ることになって。親権争いの間、母の友達の雫ちゃんのお母さんの所に預けられたってわけな

んだよね」
先輩は淡々と他人事のようにそう言った。
そう自ら、ここに来た理由を語る先輩のその瞳はどこか辛そうに感じた。
だからあたしは、先輩に近づくとそのまま包み込むように彼を抱き締めた。
「守澤先輩……いえ、右典君。辛かったんですね？　泣きたかったら、泣いてもいいんですよ？」
「雫ちゃん…………くっ」
でも、すぐに耳に入ってきたのは、失笑する先輩の声。
「右典君？」
「ははっ。雫ちゃんは純粋だねぇ……今の話、もしかして信じたの？」
「っ……！」
「そんなわけないじゃん！　昼ドラじゃないんだからさ。ただ、親が仕事でアメリカに行くから、僕は日本に残っただけ」
「なっ……！」
「雫ちゃんって、人に騙されやすい性格をしてるから、気をつけた方がいいよ？」
そう言った彼は、悪びれた様子もなく部屋を出て行った。

部屋に取り残されたあたしは、彼とこれから暮らしていく"生活"に、少々不安を感じていた。

キス?!

朝日が眩しい……。
チュンチュンと、どこからか聞こえてくる小鳥のさえずり。
あたしはやっと目を覚ました。
するとあたしの顔に、何かわからない歯がゆい感触がした。
次の瞬間。
ぼんやりしていた視界が、はっきりする。
————?!

「おはよう、雫ちゃん!」
「なっなっなっ、何やってるんですかぁ!」
視界に入ったのは、あたしの鼻と右典君の鼻が触れるくらい近い彼の顔。
「いやね、起こしにきたんだけど、雫ちゃんなかなか起きないからさ。キスでもしたら起きるかなっとか思ったりして」
「ちょっ……ふざけないでください!」
あたしは恥ずかしさのあまり、自分の被っていた布団を頭のてっぺんまで引き上げた。
「雫ちゃーん? 起きないと遅刻するよ?!」
「わかってますよー、右典君が部屋から出ていったら起き

ますから！」
「……そう？」
　もう、最悪！
　寝起きを、あの守澤右典に見られるなんて！
　もしかしてヨダレとか、垂らしてなかったよね？
　──バタン。
　彼が部屋から出ていく音を確認して、あたしは飛び起きた。
そして着ていたパジャマを脱ぐと制服を手にした……。
　その時だった。
　──ガチャ。
　再び開かれた、部屋の扉。
　そこから彼は顔を覗かせると、口を開いた。
「あっ、そうだ雫ちゃん。言い忘れたんだけど」
「はい。なんでしょう……」
「寝顔、可愛かったよ！　じゃあ、今日から一緒に登校しょ？　下で待ってるね！」
「はい……」
　それだけ言うと彼は、何事もなかったかのように出ていった。
　って、それだけ？
　あたし、今……。
　下着姿なんですけどぉ──?!?
　あたしはその姿を見られたことなどどうでもよくなり、急いで制服に腕を通した。

大丈夫。
家族に見られたと思えば、なんてことはない!

朝食を食べ終えたあたしと右典君は、肩を並べて学校に向かってる。
アイロンのかかった彼のシャツの鼻をくすぐる香水のいい匂(にお)いに、あたしは酔いそうだった。
彼はさりげなく歩道側を歩かせてくれたり、ゆっくりあたしの歩幅に合わせてくれたり。
凄く女の子扱いが慣れてる人だと思った。
そして、そんな気遣(きづか)いが凄く嬉しかった。
そうこうしているうちに学校に着いた。
「雫ちゃん、帰りは生徒会があるから一緒に帰れないんだ」
「あ、あたしは大丈夫ですから!」
「変な男には気をつけるんだよ?」
「あは、大丈夫ですよ〜」
彼はそう言うと、生徒会室にでも行くのか、そのまま一階の廊下をまっすぐ歩いて行った。
その後ろ姿を見送ると、あたしは二階の自分の教室へ向かった。
"変な男には気をつけるんだよ?"
なんか、右典君って保護者みたい……。
あたしはそう思いながら自分の教室へと急ぐ。
と、あと20メートルの所でその足が自然と止まった。

誰もいるはずのない空き教室からの人の声……。

「ずっと、ずっと清水君のことが……」
「──……」
──清水君?
清水君って、まさかあの清水磨刃?!
あたしはいけないとわかっていながらも、声がしたその教室を覗いてみた。
そこには、サラサラの髪の毛をなびかせ、小さな肩を震わせて顔を赤くしながら俯く女の子の姿と、その女の子に呼び出されたのか、その女の子の傍で立っているイケメンの男の子の姿が目に入った。
茶色く染めた髪の毛が日に当たり、金色に輝いている。
それにお似合いの整った容姿を持ち合わせてる三人衆の一人、清水磨刃だ。
耳からはシルバーの十字架のロングピアスが光り、ピアノを弾きこなすだけあって、その細くて長い女の人のような指をズボンのポケットに押し込んでいる。
「好き、です……ずっと好きでした」
「…………」
それは早朝の、愛の告白だった。
うわぁ……朝一番の愛の告白見ちゃったよ!
っていうか、清水磨刃に告白する勇気のある女の子もいるんだぁ!

だって、クールでポーカーフェイスの清水君は、片や女嫌いって噂されてるんだよ？
だから、近づこうものなら本人に噛み殺されそうだもん！
（あれ、噛み殺されるは大袈裟だったかな？）
彼はその彼女に対して言葉を発することはなく、こちらに向かってきた。
要するに、勇気を振り絞って告白した女の子をシカトしたのだ。
「ちょっと、待ってください！」
その彼女の叫び声が、誰もいない空き教室に響いた。
静かな教室の中でその彼女の声だけがあたしの耳に残った。
「ウゼっ——……」
彼はあたしを見ながらそう言った。
……って、ええ?!
なんであたしの方を見て言うの?!
あたしは見ない振りをして、自分の教室に急いで行くことも可能だったけど、なぜか彼から視線を逸らせなかった。
すると彼は、そんなあたしの目の前にゆっくりと近づいてくると……、
そのままあたしに……。

……キスをした。

って、ええ?!

「──俺、彼女いるから俺の前から消えて」
彼にそう言われた彼女は、悔しそうに唇を噛み締めると、教室から走り去っていった。
あたしとすれ違う瞬間、思いっきりあたしを睨みつけて。
バタバタと廊下を走る音だけが、耳に残った。
つーかあたし、今この人に何された?!
あたしは驚きが隠せないまま目を大きく見開き、彼の顔を見上げた。
「んな、顔すんなって。あんたがいけないんだよ？　覗き見なんかするから……口止め料ってことで」
そう言った彼は、そのまま空き教室を出ていった。
そこに取り残されたあたしは、いきなりの出来事に驚いて腰が抜けてしまった。

⭐ 噂

キーンコーン。
昼休み、あたしはチャイムと同時に教室を飛び出した。
一瞬、何かを言いたそうな悠君と目が合った。
でもそれどころじゃない……。
あたしの右手には弁当箱が入った紙袋。
その紙袋の中には可愛らしい布巾着(きんちゃく)に入った弁当箱が二つ並んでる。
そう、もう一つは右典君の分なんだ。
せっかくママが作ってくれたのに、朝渡すのを忘れてしまった。
右典君は、生徒会長だから確か昼休みはいつも生徒会室にいるはず。
あたしは生徒会室までやってくると、その扉を緊張の面持ちでノックした。

——コンコン。
でも、扉の向こうからは返答はなかった。
もしかして、右典君……。
今日はいないのかな？
あたしはそっと生徒会室の扉を開けてみた。

──ガチャッ。
右典君は、窓際の机にうつ伏せになり寝ていた。
お日様の光が彼の黒髪を綺麗な茶色に輝かせている。
開かれた生徒会日誌。
散らばった、シャーペンに消しゴムやボールペン。
傍に置かれた眼鏡。
長い前髪が彼の綺麗な顔を隠してる。
まるで口紅を塗ったような赤い唇。
スベスベの白い肌。
制服の間から見える鎖骨。
あたしは紙袋を近くの机の上に置くと、恐る恐る彼の方に近づいた。
右典君って彼女いるのかな？
でも、本当に女の人より綺麗な顔をしてる……。
ダテ眼鏡って噂、本当なのかな？
あたしは彼に近づくと、そっとその綺麗な顔を覗き込んだ。
「ねぇ、そんなに見つめて。僕の顔に、何か付いてる？」
その瞬間、耳に届いた言葉に、あたしは目をパチクリさせた。
──えっ？
寝ていると思っていた彼と目が合う。
綺麗な瞳が、まっすぐ、あたしを見つめてくる。
その視線に耐えられなくなり、咄嗟に彼から視線を逸らした。

顔から首にかけて、色素が変化していくのが自分でもわかった。
「おっ、起きてたの？」
「ううん。寝てたよ……でも、誰かの視線を感じてね」
「ごめん！　あたしが起こしちゃったんだね？」
「別にいいけど。僕も雫ちゃんに聞きたいことがあったし」
「えっ？」
彼は突然そんなことを言い、なぜだかその声から強い意志を感じた。
恐る恐る彼の方に視線を向けると、かなり真剣な眼差しと目が合った。
やっぱりこの顔、好きだわ──。
って、そうじゃないでしょ！
あたしは、ドキドキと自分の心臓が高鳴るのを感じた。
彼はそんなあたしを、おかしそうに見つめながら口を開いた。
「とりあえず、お昼でも食べない？」
「あ、そうだった。お弁当持ってきたの！　朝ね、右典君に渡すの忘れてて……」
「本当に？　凄く嬉しいよ！」
彼は、少しハニカミながらそう言って、外していた眼鏡を定位置に戻した。
"もうちょっと、その素顔を見ていたかった"
あたしはそんなことを思いながら、持ってきた紙袋から弁

当箱の巾着を二つ取り出した。
弁当箱の中身は、食べやすい大きさのおむすびが並んでいる。
具は鮭(さけ)と梅と昆布だ。
おかずは、定番の玉子焼きにウインナーに唐揚げに、ポテトサラダ、それらが形を崩さずに並んでいた。
彼は真っ先に玉子焼き目がけて箸(はし)を進めた。
あたしは自販機で買ってきたばかりの、お茶のペットボトル二つも袋から取り出した。
ご飯を食べる時、あたしはお茶の準備をしていないとご飯が食べれない。
そんな、少しお子ちゃま的なところがある。
だって、喉に詰まるでしょ？
「玉子焼き……変わった味がするね」
彼はそう言いながら、あたしの用意したお茶を飲んでいる。
「あっ！　あたしの家ね、醤油(しょうゆ)と味の素の味付けが定番なの。やっぱり右典君は甘い方が好きだった？　それともダシ巻き玉子かなぁ?!」
「いや、食えればなんでもいい……」
くっ、食えればって、さようですか！
綺麗な顔で、弁当に箸を進めてる右典君。
あたしはそんな彼に気づかれないように、その顔を軽く睨んでやった。
「嘘うそ。うまいよ……この玉子焼き！」

「ほっ、本当？」
あたしは別に自分が作ったわけでもないのに、ママの弁当が褒められると顔が緩み、にやけてしまう。
結構、マザコンかもしれないな……。
「って言わないと、家を追い出されそうだしね」
彼はそう続けて、あの女の子顔負けの綺麗な顔で皮肉っぽく笑った。
なっ……！
——ガタッ!!
あたしは彼の顔を見ながら、まるで金魚のように口をパクパクさせて、立ち上がった。
この人……。
絶対、悪魔だ！

彼はすでに弁当を食べ終わったのか、巾着に弁当箱を入れ終えると、涼しい顔をしてあたしの目の前に立った。
そして、今までの穏やかな表情とは打って変わって、眉間(みけん)にシワを寄せたまま口を開いた。
「ねぇ雫ちゃん。そういえば清水磨刃とはどういう関係なの？　まさか、付き合ってるの？」
「えっ？」
「どうなの……？」
突然、そんなことを聞いてきた右典君。
窓からの初夏の日差しが彼の顔を明るく照らして、眩しい

ぐらいに綺麗な顔をした彼の顔は一瞬だけ歪みを見せながら、あたしとの距離を詰めてきた。
あたしは、彼の言葉で箸で摘まんだままのウインナーをポロリと落としてしまった。

ちょっ……。
なんか、怖い!!!

あたしは、後退りした。
「ねえ、付き合ってるのかって聞いてるんだけど？」
次第にその綺麗な顔からは笑顔が消えた。
っていうか、なんで清水磨刃?!
あたし、悠君には付き合ってって自分からそう言ったけど……。
「付き合ってません！」
その言葉を発したあと、ようやく気がついた。
あたしは後退りできない所まで追いつめられたことに。
背中に戸棚のガラスの冷たい感触がひんやりとした。
「でもさ変な女が、言いふらしてるみたいなんだけど、本当に心当たりないの？」
「変な女？　あっ……！　もしかして……」
あたしには思い当たる節があった。
朝……。
清水君があたしにしてきた、触れたか、触れてないかぐら

いの軽いキスが脳裏を過った。
あのあと、清水君の彼女ってことにされたんだっけ……。
でも、どう見てもあたしは清水君に嫌われてる気がする。
付き合うなんて、天と地が引っくり返ってもありえないよ。
「……許さない」
えっ?
その言葉に、あたしが彼の方に視線を向けた瞬間、いきなり唇に柔らかな感触を感じた。
「……っ?!」
あたし、なんであの三人衆全員に唇奪われちゃってんの?!

どんっ!!!
次の瞬間。あたしは、できる限りの力で彼を突き飛ばした。
でも、その力は効果なく、すぐまた彼の綺麗な顔が、あたしの視界に侵入してきて、再び唇を塞がれた。
「ンン……っ」
やだ、怖い……。
すぐに口内の中に、彼の……。
「やっ……だっ!」
「うるさい」
「痛いよっ右典君!」
彼はあたしの唇を噛んだあと、深く求めてくる。
舌が絡みついてきて、離してくれない。
角度を変えられ、後頭部を押さえ込まれる。

呼吸が、苦しくなる。
次第にあたしの瞳に涙がたまる。

あたしが彼の行為から解放されたのは、５分以上過ぎてからだった。
キスの最中に、いつの間にか外れた右典君の眼鏡が、寂しげに床に落ちていた。
「ごめん、雫ちゃん……」
あたしがその場にヘナヘナと腰が抜け落ちて座ってると、我に返ったのか、彼があたしの唇を心配そうにハンカチで拭いてきた。
「ゴメン、噛むつもりはなかったんだ……」
「なんで？　右典君。なんでこんなことしたの？　あたし、痛かったよ？　唇じゃなくて心が痛かったんだよ？」
「嫉妬なんだ！」
「……っえ？」
彼は肩を震わせながら、あたしの目をまっすぐ見つめて言葉を続けた。
「好きなんだ。ずっと、雫ちゃんのことが好きだった。本当に好きな子だから大切にしていきたいと思ってた。親の力を利用して、雫ちゃんの家に居候することも決めた。これからだったんだ。これから、ゆっくり君に歩み寄るつもりだったんだ……なのに、清水磨刃との噂を聞いて……嫉妬でどうにかなりそうになった」

「右典君……」

これって、愛の告白ってヤツ?!
あたしは目を見開き、彼の顔を見つめた。
彼は床に転がった眼鏡を拾うと、自分の顔に戻した。
「雫ちゃん、僕は許さない！　雫ちゃんは僕のモノだから。君のその唇も、君のその身体(からだ)も、君のその心も、全て僕のモノ……他の男なんかに触れさせやしない！」
「ゆっ……右典君？」
右典君……。
あの……普通の顔して結構すごいこと言ってますけど？
あたしは彼に反論することができなかった。
いや、反論する言葉が見つからなかったと言った方が正しい。
っていうか、"もうすでに柳悠と付き合ってます"。
なんて言ってしまったら、間違いなくあたしか悠君が彼に殺されるだろう。
三人衆って……。
アイドル並みにカッコよくて、モテまくりなんだけど、もしかして変わり者ばかり？

この時、あたしは日曜日、悠君の家で、悠君に別れを切り出すことを心に決めた。
何か、事件が起こる前に……。

別に、右典君の告白を受けるわけではないよ？
ただ一緒に住む上で、右典君には隠し事をしたくないから。
その秘密を言えないなら、付き合うこと自体をなかったことにしてもらおう！
──大丈夫だよね？
悠君は、あたしのことなんか、なんとも思ってないはずだから。
平気な顔をして、別れてもらえるはず……。
そう思っていたんだけど……。
まさかあんなことになるなんて、この時は思ってもみなかった。

悠の家

——日曜日。

ついにやってきました、悠君の家に遊びにいく日。

この前、右典君に強引に唇を奪われ、あたしは彼のモノだと宣言されてから、右典君とどう接していいのかわからなくて戸惑いが隠せなかった。

一応、一緒に住んでるし……会話を成り立たせなきゃとか思いながら、家では目が泳いでた。

それはね、右典君に何かをされるんじゃないかと、ずっとドキドキしていたから。

けど、あれから3日過ぎたけど、彼はあたしに指一本触れてこない。

なんか、期待ハズレ？

ちっ……違う！

別に、期待なんかっ！

ただ、夜這いにこようものなら、張り倒す覚悟で、金属バットなどをド○キで買ったのだ（エッヘン！）。

別に威張ることでもないけど、あの日から彼の態度は明らかに普通なんだ。

だから、なんか拍子抜けというか、なんというか……。

それに、あんな目の保養になるであろう美青年……。

いや美女と言うべきか？
そんな彼と一つ屋根の下で暮らしてみてよ！
んもう……やることなすこと、全てにおいて、
目が釘付け！
絵になりすぎ！！
鼻血ブーもんですよ、奥さん！！！
って、あたしは近所のオバハンか……。
あたしは自分の妄想に苦笑した。
ヤバい！
妄想してる場合じゃなかった……。
早く、行かなきゃ……。
あたしは一応、お洒落というものをして自室を飛び出した。
──バタンと、自分の部屋の扉を閉めると、ずっとそこにいたのか右典君が、隣の自分の部屋の扉を背に腕組みをしながら無表情で立っていた。

「雫ちゃん、出かけるの？」
「──う、うん」
なんか、気まずいよぉ。
彼は起きたばかりなのか、ダテ眼鏡すらしてなくて、ブルーのストライプのパジャマのままの格好だった。
「ふーん、お洒落してるね。どこに行くの？」
「えっと、友達の絵里禾とショッピングだよ！」
「ショッピングねぇ……」

あたしは咄嗟に、そんな嘘をついていた。
だからか、泳いでる目を彼に合わせられないでいた。
彼はというと、そんなあたしにゆっくり近づいてきて、あたしの髪の毛にその綺麗な自分の指を通してきた。
あたしは彼のその綺麗な瞳に、見つめられることが恥ずかしくて、瞬時に下を向いてしまった。
──クイッ。
だけど。
そんなあたしの少しの抵抗も虚しく、彼の方に顔を無理やり向けさせられる。
「雫ちゃん。少し化粧してる？」
「えっ、あのっ……グロスぐらいかな？」
それは嘘。
パウダーやアイシャドーに、マスカラまで塗った。
こんな顔を、素顔がそのまま綺麗な彼に見られるのは、恥ずかしくてたまらない。
お願い、離して……？
「そんな可愛い顔を、誰に見せるの？」
「だから、絵里禾だってばぁ！」
もう、早く逃げたいよ……。
「そう、絵里禾ちゃんね……でも僕さ、女の子にも嫉妬しちゃうんだよね」
「ちょっ……右典君？」
彼のその静かな声が耳に届いたと思ったら、今度はその唇

が首筋に吸いついてきた。
「——いっ……たぁ……」
あたしは何が起きたのかわからなくて、ただただ我慢をしていた。
首がだんだんと熱くなっていく。
なんか、蚊か何かに刺されたような……そんな痛さ。
あたしがその変な感覚に体を動かせないでいると、耳元で彼が囁いてきた。
「このまま、食べちゃいたい」

ちょっ！
ちょっと待てぇーい！！！

こういう時に限って、金属バットちゃんは部屋の中だし……。
次の瞬間、右典君はやっとあたしを解放してくれた。
「いってらっしゃい」
彼はそう言うと、自室に入っていった。
——バタンッ。
狭い廊下では、ドアを閉める音だけが耳に響く。
あたし……。
また、からかわれたの？
彼が入っていった部屋の扉を、震えながらしばし見つめると、そのまま階段を下りて、玄関を出て家をあとにした。

あたしは、悠君の家に向かって歩きだした。
今日は天気が良くて、お日様があたしをたっぷり照らす。
あたしは目を細めながら、悠君に渡された地図を開いた。
意外にあたしの家から近い彼の家は、歩いていける範囲だった。
途中、いつも行くケーキ屋さんを目にしたあたしは、苺の<ruby>苺<rt>いちご</rt></ruby>ショートケーキとモンブランを二個ずつ買った。
二個ずつ買った理由は、悠君ん家の家族用。
一応家に遊びにいくということもあり、兄弟とかいるかもしれないし、手ぶらというのもなんだからだ。
って、あたし、別れ話するんじゃなかったっけ?!
そうよ、長居は無用なのよ!
あの顔を見ていたら、言い出せなくなるかもしれないし、とにかく、さっさと話を切り上げて帰るのよ!
ファイトよ! 雫!!

しばらくして、悠君の家にたどり着くと、迷うことなくインターホンを押した。
――ピンポーン。
「――はい」
その瞬間。
低い声とともに、玄関の扉が開いた。
あたしは緊張で強張ってしまった顔を引きつらせながら、扉から出てきた人物と視線を合わせた。

扉から現れたのは、もちろん悠君本人。
悠君は、肩まで伸びた黒いツヤツヤの髪の毛をいつもは後ろで結んでいるのに今日はバラしてた。
胸には光る十字架のシルバーのネックレス。
着ている白いシャツは、ボタンが全部だけていて、ほどよく筋肉のついた日焼けした肌がそこに現れていた。
耳にはピアスをいくつもしていて、おへそにも光るピアスが確認できた。

「雫……おっせーよ！　もう、来ねぇのかと思ってたし」
「ごっ、ごめんね？」
彼にそう言われたあたしは、彼の露わにされた肌を直視することができなくて、すぐに視線を逸らした。
「とりあえず上がれよ？　茶でも淹れるから」
彼はそう言って、先にキッチンの方へ向かっていった。
あたしは彼のあとに続いて、キッチンへ向かう。
彼は、キッチンの方でガサゴソとお茶の準備をしてくれている。
キッチンと繋がったリビング。
そこに足を踏み入れたあたしは、挙動不審にキョロキョロと辺りを見渡す。
来てしまった！
三人衆の一人、悠君の家……。
本当は断るつもりだったけど、そのタイミングを逃して、

気がつけば日曜日……。
ドタキャンするわけにもいかず、やってきたというわけなんだけど……。
いつ、別れ話を切り出そうか？
あたしはシステムキッチンで、お茶の準備をしてくれてる悠君の姿を目で追いながら、とりあえずリビングのソファーに腰を下ろした。
ソファーに腰を下ろしたと同時に、悠君がお茶を載せたお盆を持ってリビングにやってきた。
「ほら、お茶。あったけぇーぞ！」
「あっ、ありがとう……」
そう言って、彼が差し出したお茶を手に取りながら口を開いた。
「悠君。そういえばご両親は？」
「親？　いねえよ？　親戚ん家に行ってて、帰ってくんのは夜じゃね？」
「へぇ……そうなんだね」
ってことは。
その、つまり……この家に今は、悠君と二人っきりってことになるのかな？
彼の言葉を聞いて。
——ゴクリと、熱いお茶を喉に流し込んだ。
悠君はというと、あたしの座ってるソファーの隣にピッタリと間隔を空けずに擦り寄ってきた。

ちょっ……。
ちょっと、近くない?
あたしは少し腰をずらしながら、ソファーの肘掛けぎりぎりまで身を寄せた。
けど、彼との距離は空くことはなく、この近すぎる距離に心臓がビクンッと飛び跳ねた気がした。
そんなあたしの動揺も知らない彼は、テーブルの上に無造作に置かれた形のよい白い箱を手に取った。
「これって、ケーキか?」
「あっ! そうなの!! 悠君の家族用にと思ってね」
「ふーん、さんきゅ。でも、気ィなんか使わなくてよかったのにさ」
そう言いながら、悠君は白い歯を見せて笑った。
……あ。
悠君は笑うと、八重歯がある。
あたしはとても大事な物を発見したかのように、ワクワクした。
って、今から別れ話を切り出すのに、なんでケーキなんか買ってきちゃったんだろう……。
それこそ、余計なお世話だよね?
あたしは今さらながら、そのことを後悔した。
「俺さ、甘いモノに目がなくてさ……食っちゃっていーか?」
そう言った彼は、すでにその白い箱を開けていた。

そしてお皿に取り分けることもなく、手掴みでパクリと、苺のショートケーキに食らいついた。
あたしはそんな動物的な彼の行動を、目を丸くしながら見ていた。
「うっめぇ！」
「そ……そう？」
「雫は？　食う？」
「あたしはいい……」
だって、緊張しすぎてお腹(なか)がいっぱいなんだもん！
っていうかさ、あたし今、悠君の家にいるんだよね?!
あの三人衆の一人、柳悠の家にいる。
それって、すごいことじゃ？
入学した頃のあたしは、高校に入ったら初カレとの恋愛を夢見てた。
そんなあたしがすぐに耳にしたのは三人衆の噂だった。
それまでは、２年の右典君が学園のアイドルとして有名だったみたいだけど、そこに加わったのが清水君と悠君の二人だった。

清水君は、入学試験をトップで通ったため、入学式で１年生代表を務めた。
また、ピアノの才能があって中学生の頃は各コンクールの優勝を総ナメにしたらしい。
だから、結構その手の業界では彼は有名人だそうで……。

あたしは知らなかったんだけどね……。
噂では、清水磨刃を追ってこの学園を受けた女の子も何人かいるそう。
悠君は、入学してすぐにやった体力測定でかなりの成績を収めたみたいで、それで有名になったんだって！
全ての運動が学年ナンバー1だったみたい。
そしてあの人懐っこい性格も、モテる秘訣(ひけつ)だと思う。
右典君はあのルックスと成績優秀で有名だったから、あたしは彼の存在を早くから耳にしていた。
それから1週間後には、学園内でファンクラブもできる始末で、彼等を学園のアイドルとか、学園の王子様三人衆とか……とにかくこの学園では彼等を知らない女の子はいなくなった。
そんなアイドル三人衆の一人、悠君とあたしは付き合うことになり、右典君はあたしの家に居候してて、清水君とはキスを交わした。
それまで、なんの取り柄もないあたしは、平凡な彼氏とのごくごく普通の恋愛を望んでた。

その、あたしが、よ?!

彼等と出会って、言葉を交わすようになってしまった。
きっと、どこかで歯車が狂ってしまったんだ。
それに三人ともに、キスまでされてしまったし。

あたしはこんな大それたこと望んでないの……。
おまけに、三人衆のファンクラブに、このことが知られた
ら、あたしは間違いなく殺されるだろう……。
冗談じゃない。
あたしはまだ15歳……。
女生徒に刺されて、ニュースとかにもなっちゃって。
写真の目の辺りに、黒線とか引かれちゃって。
そんなの、まっぴらごめんよ！

誘惑

とにかく、早く別れを切り出して帰ろう!
家には悪魔が待ってるけどさ……。
あたしは冷めてしまったお茶をゴクリと飲み干すと悠君の顔を見た。
そして口を開こうとした瞬間、悠君に先手を打たれた。
「なぁ……一つ、しっつもーん!」
「はいっ! なんでしょう?」
「雫って、えっちしたことってある?」
「ぶっ!!!」
あたしは彼の、突然の変態質問に、手に持っていたお茶のカップを落としそうになった。
なっ、何をー?!!
「その、反応。まだなんだ?」

えーえぇ!
はい、そうですとも!
まだですとも!!!
でもまさか、悠君……?
無理、無理、無理!!!
「俺が、教えてやるよ!」

教えんでいいわい!!!
あたしは顔を赤くして、首が捻曲がるほどぶんぶん左右に振りながら立ち上がった。
「あたし、お茶も飲んだし失礼しまっす!」
「おい! 待てよ!!」
待てません!!!
あたしはそのまま、リビングのガラス扉に猛ダッシュ!
…のつもりだったんだけど、腕は悠君にがっちりと掴まれ、身動きが取れない状態にされていた。
あたしは必死に、悠君に掴まれた腕を振り切ろうともがいた。
……けど、ビクともしない。
これは本人に頼むしかないのね……。
「悠君、離して? お願い……んっ」
あたしが彼の顔を見上げた瞬間、唇に彼のソレが重なってきた。
……まずいょぉ!
この状況は、まずすぎる……。
「いっ……やっっ……!」
あたしの小さな抵抗も無駄に終わる。
口内にあの感触を、再び味わうこととなった。
そう、気持ち悪さしか残らない……。
あの感触を……。
あたしは必死に抵抗を試みた。

口を閉じようとも、頑張った。
けど、全てが無駄な抵抗。
口の中で、まるで生き物のように動きまくる。
次第に頭の働きを麻痺させてくる。
まるで、麻酔でも打たれた時のような効果を感じさせる。
あたしはだんだん、抵抗する気をなくして、目がトロンとなってきた。
だめだよ……。
やっぱりこうゆうことは、好きな人とじゃないと──……。
だって悠君は、あたしのこと好きじゃないんでしょ？
あたしは、カッコいい彼氏が欲しかった。
でもこんなの……間違ってるよ！

リビング中に響き渡るキスの音を耳にして、あたしは逃げ出すことばかり考えていた。
お互いの唾液の音が静かな空間を掻き立てた。
悠君はあたしの唇を弄んだあと……。
やっと満足したのか、自分の唇を離して口を開いた。
「雫……どうだった？」
「ど……どうって？」
「だーから。俺のキスだよ！　上手かっただろ？」
彼は、無邪気な顔をしながらそう言ってきた。
「あの……あたしねっ！」
「さてと。本番はこれからだぜ？」

彼はそのままあたしの腕を掴み、押し倒してきた。
ヤバいよ……。
助けは来ないし、逃げ場もない。
あたしは自分の上に覆い被さってる、彼の胸を叩いてみた。
でも所詮、女が男の力に敵うはずもなく、服の中にひんやりとした感触が侵入してきた。
「悠君……！　やだったら。ストップ!!」
あたしの体に覆い被さりながら、服の中に侵入してきた彼の手を咄嗟に掴んだ。
でも彼の手は、一瞬だけ躊躇いを見せながらも奥に進んできた。
「やだよ……！　やだやだやだ!!!」
「雫、お前さ。うっせぇーし」
次第にあたしの瞳に涙がたまる。
「こんなのやだもんっ！　やめてよ……お願いだから」
「やーだね！」
嫌なのはこっちだっつーの!!!
あたしは、自分の足を思いっきりバタつかせ、そのまま振り上げた。

——ドカッ。
次の瞬間。
「○△☆っ…………!!!」
その音とともに、あたしの上に覆い被さってた彼は、股を

両手で押さえながら目の前でうずくまっていた。
「悠君? 大丈夫——? なんか、すごい音が……?」
「おまっ……ぶっ殺すぞ!!!」
ひぃ——……。
「ごめんなさい……」
っていうか、あたし、なんかしました?
されたのはあたしの方でしょ?!
「ったく、もう遠慮しないからな!」
ちょっと、冗談でしょう?!
「俺はな、抵抗する女を泣かすのが好きなんだけど。もう容赦(ようしゃ)はしねぇーし! それにお前、俺に惚(ほ)れてんだもんな?」
あたしが、悠君に惚れてる……?
ううん、違う。
こんな乱暴な人、嫌いだもんっ!
嘘、やっぱり好き……。
ううん、わからない。

——ピンポーン。
その時だった。
助け船かはわからないけど、訪問者を知らせるであろうインターホンが、リビング中に鳴り響いたのは……。
「チッ……! 誰だよ」
彼の手が、止まった。

もちろんその視線も、鳴り響いた音の方へと向けられる。
でも悠君は、あたしの腕だけは逃がさないように強く掴んでいた。
そんな彼を促した。
「悠君、出ないの？」
「出ねぇーよ！」
「でも、急用かもしれないよ？」
「うっせぇんだよ。これからいいトコなんだ！　邪魔されてたまっかよ。あんなん、シカトしときゃあいいんだよ！」
「そんなあ……居留守なんてよくないよ？」
本当は、あたしはその隙をついて、逃げることを考えていた。

それから数分後。
訪問者を知らせる音は、もう鳴らなかった。
悠君は次の催促の音がしないので、またあたしに視線を戻してきた。
「それよりさ、さっきからずっと気になってたんだけど、その首の跡はなんだよ？」
「えっ？」
首……？
彼にそう言われて、あたしは不意に朝の出来事を思い出した。

それは紛れもなく、右典君に付けられただろう跡──……。
「これは……その……」
あたしはその内出血をしてしまっている赤い跡を、それ以上彼に見られたくなくて、咄嗟に自分の首筋に手を持っていく。
でもその行動は、無意味に終わり、腕は再び悠君に押さえ込まれていた。
「なんだよ。お前も男いんじゃん？」
「いっ……いないよ！」
「いまさら嘘吐くなっつうの！　まあ、そんなのどうでもいいけどな……！」
「え？　それはどういう意味？」
「ふふ……」
彼は微かに笑いを込めて、あたしの耳元でこう囁いた。

「女は性欲を満たす道具」

狂ってる……。
そんなの、寂しいだけじゃない？
「悠君は、本気で誰かに愛されたことないの？」
あたしは彼の視線を逸らさせないように、その目を見つめながらそう言った。
あたしの放った言葉は、図星だったようだ。
悠君の顔が次第に赤くなる。

「うるさいんだよ！　お前さ……さっき誰かが来て安心してたみたいだけど、残念だったな。まあ……そいつに聞かせてもよかったのにな！」
「悠君……あたしのこと好きじゃないなら、こんなこと、やめてよ！」
「好きだよ！　ただしヤる時だけそいつを愛して、可愛がるんだけどな！」
彼がまた、何かに後押しされたように、あたしの服へ手を伸ばしかけた時だった。

――ピンポーン。
再び、この家のインターホンが鳴ったのだ。
また彼の指の動きが止まる。
あたしは自分の身体の上で、覆い被さっている彼の体の間からドアの方に視線を寄せた。
しかし彼は、またもや扉を眺めるだけで動こうとはしなかった。
すると今度は、近所迷惑だと思われるぐらいの大きな声がした。
「柳くーん！　君は完全に包囲されている！　早く、出ておいで!!!」
その声は、どこかで聞いたことのある綺麗で透き通った高いソプラノの声だった。
「磨刃の奴……」

明らかに動揺した彼の口からは、その言葉が飛び出した。

って、え……？
しっ……しみずまは?!!（なんでひらがな？）
冗談じゃないよ!!!
その声に、動揺していたのは悠君だけではなかった。
あたしだって、思いっきり動揺してしまっている。
次の瞬間……。
——ガチャッ。
「なんだ、鍵……開いてるじゃん！」
独り言のようにそう呟いて、その声はすぐに近づいてきた。
この声には、さすがのあたしと悠君も慌てた。
いくら彼の友達とはいえ、あの清水磨刃に、あたしが押し倒されているこんな変な場面なんか見られたくないし！
映画の撮影とかで言うなら、いかにもイヤラシいシーンだもん。
誰だって、こんな現実場面を他人に見られたくない……それが人間の心理というものだ。
「悠君。あっそびまっしょー！」
「だぁ～!! 磨刃!!! 今は取り込み中だっつうの！ そこで待ってろ!!!」
悠君は清水君がリビングに入ってこないように、少し大きな声で叫びながら、あたしから体を離した。
何はともあれ助かったぁ！

もう二度と、この家に来ないんだからね!!!
あたしは、体をヨロヨロと起こした。
けど、その悠君の声も虚しく、廊下とリビングの間のガラス扉はすでに開いていた。
そして、こちらを見つめる二つのその瞳。
「悠君。もしかしてヤッてんの？」
満面の笑みを浮かべた清水君が、そう言った。
「あっ！」
「……ああ？」
「……あああ!!!」
あたし達三人は、言葉にならない言葉を発しながら、一瞬にして固まってしまった。
それもそのはず、あたしと清水君は一応面識はある。
絶妙のタイミングで入ってきた清水君と、あたしはバッチリと視線が絡んだ。
「あれ、あんた……」
清水君は、あたしと目が合うと、さっき見た光景は何も気にしてないのか、それともよく見る光景なのか、それはわからないけど普通に話しかけてきた。
「なに、磨刃と雫は知り合いなのか？」
だから悠君も何事もなかったように、普通に清水君とあたしに返してきた。
でも、この気まずい空気が嫌になったのか、悠君は言葉を続ける。

「俺さ。近くのコンビニに行ってくる！　なんか、喉が渇いてさ……磨刃と雫はちょっと留守番頼むな！」
「ちょっ……悠君っ！　待って!!」
あたしは、清水君が苦手なこともあり、"どうしても二人っきりにはなりたくない"そう思って叫んだけど、悠君はさっさとリビングをあとにして、玄関から出ていってしまった。

ちょっ……。
悠君……なんで、逃げるの？
ありえないし！
あたしだって、気まずいんだよ。
っていうか、あんたの友達でしょーが！
あたしは泣きたくなる気持ちを、ギュッと我慢した。
清水君は、悠君がこの家を出ていったのを確認すると、あたしと目を合わせニヤリと笑った。
あたしは彼の失笑した顔を見て、"見間違いか"そう思って、その綺麗な顔をしばらく見つめた。
すると、清水君はゆっくりあたしに近づいてきた。
あたしはなぜか、自分に近づいてくる清水君に対して恐怖心に駆られてしまい、その場から動けないで目を大きく見開いた。
清水君が、あたしの目の前まで来てしゃがみ込む動作をキョトンと見つめることしかできないでいた。

次の瞬間。
今までかかっていた金縛りが解けたかのように、体がやっと動くようになった。
でも、自分の腰が抜けてしまって立つことができなくなったあたしは、そのまま恐る恐る後退りをした。
そんなあたしの目の前にいる彼は、あたしと同じ目線で視線を合わせてくると、あたしの髪の毛に指を絡ませながら口を開いた。

「この前、冷たくしちゃってごめんね？　まさか悠君の彼女だなんて、知らなかったから……」
「あの、いえ……」
あたしは、自分の目をまっすぐ見てくる清水君のその整った顔立ちに、そして声に、その指に、清水君の全てに、気持ちを持っていかれた。
それと同時に、恥ずかしくなってそのまま俯いた。
あたしが顔を赤くするのは、目の前の彼にドキドキしたからじゃない……。
自分が悠君に押し倒されてる姿を、"このイケメンに見られたかもしれない"という、恥ずかしさから……。
ただ、それだけだ。
「でもさ俺。なんか、気に入らないんだけど？」
清水君はあたしの髪の毛に指を絡ませたまま、そんなことを言ってきた。

「あの……何がですか？　悠君の彼女が気に入らないってことですか？」
っていうか、距離近っ!!!
あたしは顔だけを動かし、髪の毛に絡まっている彼の指から逃れた。
「……違うよ。悠君を好きな女が気に入らないの！　なんか壊したくなる！　それと。悠君が好きな女も気に入らないんだよね！　メチャクチャにしてやりたい!!」
「何を言ってるの？　悠君とあなたは友達でしょ？……って……っんっ」

次の瞬間。
なんの前触れもなく、彼の唇が重なってきた。
「ねぇ……あんたの名前"雫"だったよね？　悠君といつから付き合ってるの？　もう、悠君とヤッちゃったりしてるの？　ひょっとして俺が邪魔したとか……？」
清水君はあたしの濡れた唇から自分の唇を離すと、かなりの至近距離で瞬きすらせずに、まっすぐにあたしの目を見つめて、そう言ってきた。
「ちょっと！　清水君。何が言いたいの？」
「わかんないの？　あんたって鈍感だね！　まあいいや。俺ね……決めてるんだよ」
「何を？」
「悠君のモノを取るって！　悠君はね、2年前に俺の一番

大切な人を襲ったんだよ。本当の友達って、なんだろうね？　親友の彼女と寝たらどうなるの？　犯罪になると思う?!　俺さ……よくわかんないんだよね。だからその意味をあんたが教えてよ！」

あたしは、悲しそうに話をする清水君から、目を逸らすことができなかった。
でも、すぐに我に返ったあたしは、急いでこの場を立ち上がり扉の方に逃げようとした。
けど、あたしの腕はそんな彼の手によって掴まれて、身動きが取れないようにされていた。
…誰か、Help me〜〜!!!!

天敵

悠side

俺は家の近くのコンビニにやってくると、いつも買ってる苦いコーヒーを買って飲んだ。
苦いコーヒーを味わいながら、同時にため息を吐く。
また、磨刃に邪魔された……。
今から2年前、磨刃に初めての彼女ができた時。
その時、俺はまだ"女"を知らなかった。
興味本意だったんだ。
エロ雑誌やAVを見たりするよりも、生身の女を抱きたかった。
だから別に、誰でもよかったんだ。
それに磨刃の彼女も、俺に同意をしてくれた。
それにまさか、磨刃があんなに怒るなんて思ってもみなかった。
それからというもの、磨刃はことあるごとに俺の邪魔をしてきた。
いつしか、俺自身も好きな女を作らないで、女と遊ぶだけの関係。

"今が楽しければそれでいい"みたいな考えで女と付き合うようになった。
女に自分から惚れない。
いや、惚れちゃいけないんだと、そう歯止めをかけるしかなかったんだ。
そんな女なら、たとえ今後、磨刃に奪われても平気だからだ。
もしも俺に本気で好きな女ができて……その女と付き合った時。
磨刃がその女を抱いたとしたら、俺は自分が壊れてしまうだろう……。

あの頃の俺は、どうかしてたんだ。
それは"本当の愛"というものを知らなかったから。
…でも、今の俺なら。
それを、掴めそうな気がする……。
それにしても、俺が家に女を連れ込んで、これからって時に磨刃に邪魔されたの何度目だよ？
いい加減に忘れろよなアイツ！
本当だったら俺は今頃……。
自分の家で、雫といる磨刃の余裕たっぷりの顔を頭に描いた。
磨刃は、あの一件以来……女嫌いになった。
いや、女性不信になったと言うべきだろうか……。

まあ、その原因を作ったのは俺なんだけどな……。
そんなことを思って、コーヒーを飲んでいると背後から声がした。

「そこの少年！　ブラックコーヒーは苦いぞ？」
俺がその声に振り返ると、右典がニヤニヤしながら立っていた。
「右典?!」
俺は思わず、持っていた缶コーヒーを地面に落としてしまった。
俺と右典は、いわゆる幼馴染みというヤツだ。
磨刃と右典は面識はないみたいだが、学校で二人の名前は知れ渡ってるから、名前と顔ぐらいは互いに知ってると思う。
でも、なんでだ？
右典の家って、もっと遠くなかったっけか？
俺は不思議な面持ちで右典の顔を見た。
するとそれを察したのか、右典から口を開いた。
「僕今ね、学校の近くの母さんの知り合いの家で住んでるんだよね！」
「そっか。確か両親は、アメリカに行ったんだったよな？」
「そ。っていうか、悠はこんな所で何してんの？」
「……別に」
単なる、暇潰し……。

なんて、言えるわけねぇーよな。
俺は、思わず右典から視線を逸らした。
でも右典は普通に会話を続けて、「じゃあさ。今から、久々に悠ん家に行っていいかな？」なんて、言ってきやがった。
俺は、「ダメだ！」即答でそう答える。
「なんでー？　こんな所で会ったのも何かの縁じゃない？　悠の家、懐かしいし。行ってもいいじゃん？」
右典は、俺の顔を覗き込みながら、そう言ってきた。
そういえば、右典の家族は俺が中学に上がった頃、隣町へ引っ越したんだったっけ。
"新築の家を建てた"とかって、ありきたりな理由だった気がするな……。
高校も、"電車で30分ぐらいだから、今の高校を選んだんだ"そう、右典が話してたのを思い出した。
その右典が、どんな理由にしろ、またこの町で暮らしてるなんて不思議で仕方がなかった。
昔から、右典の両親は共働きで忙しく、右典はよく夕飯を俺の家で食べていた。
俺には姉貴が一人いるが、大学進学を機に一人暮らしを始めたから、俺は家では一人っ子も同然だった。
そして右典には兄弟がいない。
だからなのか、右典は俺のことを本当の弟のように昔から可愛がってくれた。

そんな右典は、俺の姉貴と付き合っていたけど、それも長続きはしなかった。
そのあと……学年が違うこともあり、学校でもあまり顔を合わすことがなくなった俺と右典。
だから、右典と久々に会話できて素直に嬉しかった。
そんな俺は、やっぱり右典に"俺の家に来たい"なんて言われたら、無下に断ることができないのだ。
でも俺には一つ、気がかりなことがあった。
そう、自分の家に右典を連れていくのは簡単だ。
けどさ、磨刃と雫を二人っきりで置いてきたし……。
今、もし帰ってさ……。
磨刃と雫との間に何か起きてたら、どうすんだって話だよな？
それはそれで、メチャクチャ気まずくねぇーか！
別にさ……。
磨刃が雫を抱いてるのはいいとして、右典をその場所に案内するのは、なんか気が引けるし……。

「なあ右典。マジで俺ん家に来るのか？」
「も〜っちろん！　悠のことだから、新しいゲームソフト、いろいろ持ってんだろ？　僕やりたいんだよね！」
さようですか……！
俺は、ノー天気にそう話す右典を見ながら"もうどうにでもなれ"そう思うと、心の中で覚悟を決めた。

涙の味

Help me…なんて誰も助けにきてくれないよね?!
そう思っているとあたしは掴まれた腕を取られ、そのまま清水君にその場で押し倒されてしまった。
そして、女を見下したような清水君の視線に睨まれた。
その目は、すごく悲しそうな目をしていて、あたしは彼から視線を逸らすことができなかった。
そのまま清水君はあたしに顔を近づけてきた。

——キスされるっ！

咄嗟にそう判断したあたしは、彼から視線を逸らした。
でもその抵抗も虚しく、あたしの唇は彼の唇によって塞がれた。
そして、そのまま彼に深いキスを求められた。
「……っ」
でもそのキスは、悠君や右典君の時とは違って、悲しみの海に溺れてしまうような涙の味しかしなかった。
少しも優しさが感じられない彼のキスに、あたしは彼の胸を強く押した。
しかし彼は、ビクともせずに、酸素不足になったあたしは

眉をひそめた。
所詮、女と男の力の差は知れている。
どう足掻いても、女が男の力に敵うわけがなく、されるがままの状態でしかないあたしは逃げ道を探した。
この人には隙がない！
本当にこのまま、最後までヤられてしまうかもしれない。
嫌だ、嫌だ。
いくら三人衆の一人、清水磨刃とはいえ、初めての体験を好きでもない人と……。
確かに初めは三人なら誰でもいいって思ってたよ！
でも、今は違う。
おまけに、悠君の家のリビングで終わらせてしまうなんて、冗談じゃないよ！
それに清水君は、それを楽しんでいるようにさえ、あたしには感じられた。
「……もう……やめて。お願いだから。ねえ……し……みず……君っ」
あたしは泣きたくもないのに、これから起こるかもしれない出来事を考えると恐怖で足がすくんで、目からは涙が溢れ出た。
情けない……。
「……涙か？」
そう言った彼の手が、一瞬だけ怯んだ。
「清水……君……？」

「泣け！…もっと、泣けよ!!!」
清水君はあたしから自分の体を起こすと、まっすぐ、その視線を合わせて睨んできた。
その目は……。
悲しみで、溢れていた。
「ねぇ……。本当に泣きたいのは、清水君の方なんじゃないの？　好きでもない子を、こんなふうに自分の感情だけでキスしたり……そんなのって間違ってると思うよ？」
「うるさいんだよ！　わかったような口を利くなよ！　そうゆうの、はっきり言ってウザいんだよ！」
「ちょっ……きゃあ!!!」

あたしにはこの時。
彼が、"本当は泣き叫びたい"そう思ってる、そんな気がした。
"誰かに、助けを求めてる"そんな気がしてならなかった。

僕の天使

右典side

僕は自分の家に向かう悠の背中を見つめながら、なんだか胸騒ぎがしてならなかった。
ずり落ちてきそうになった、自分の眼鏡を右手の人差し指で押し上げながら、悠についていく。

雫……。
僕が、初めて本気になった女の子。
僕は以前から、君のことを知っていた。
君がいるからこそ、日本に残ったんだよ？
親の力を利用するとかって、フェアじゃないけど、初めて自分のモノにしたくなった女の子。
初めて、一目惚れをした女の子。
そして、初めて"誰にも渡したくない"と、感じてしまった女の子。
告白なんて、そんな次元のことじゃない。
そんな、一時の気分なんかじゃない！
全てを……。

キミの全てを、手に入れたい。
ライバルがたとえ、親友でも絶対に譲らない!
悠の家に着くと、
「右典。ちょっとここで、待っててくれるか?」
悠は玄関で僕にそう言って、中へと上がっていった。
"誰かいる"
僕は咄嗟にそんなことを感じた。
いや、感じなくても、玄関に並んでいる女物の靴と、大きな男物のスニーカー。
それが誰かがいることを物語っていた。
僕がそれを、ぼんやり眺めていた時だった。
バシッ!!!
何かが僕の肩にぶつかり、それが人だと、彼女が泣き腫らした瞳で僕の方に振り返った瞬間、わかったんだ。
「雫ちゃん……どうして?」
「ゆ……う……すけ……くん……?」
彼女は、乱れていた胸元をぎゅっと引き寄せ、それ以上僕に何も喋ろうとしなかった。
それは僕の天使が、悪魔に何かをされた直後の出来事だった。
僕はそのまま、嫌がる彼女の腕を掴むと怒りに身を任せて、たった今、彼女が出てきたその扉に足を進めた。

ゲーム開始

どうして———……?

どうして、右典君がこの家にいるの?
右典君に掴まれた腕が熱い……。
有無を言わせず右典君は、あたしが逃げ出した扉を再び開けた。
そこには、リビングの床にしゃがみ込んでる清水君と、その傍で立ちすくむ悠君の姿があった。
怒りを露わにした右典君が、あたしの腕を放して彼に駆け寄った。
「おい。お前! 雫ちゃんに何したんだよ!」
「何って、別に」
「別にって、嘘をつくなよ! 雫ちゃんを泣かせたのはお前だろ? 雫ちゃんは、僕のモノなんだ! 今後一切彼女に近づくな!!」
右典君は、清水君にそう言い放つと同時に、あたしの腕を再び掴んだ。
「もう、帰ろう?」
「えっ……うん……」
あたしは右典君に掴まれた腕が、さっきより熱くなるのが

わかった。

右典君に"僕のモノ"って、そう言われた時……嫌じゃなかったよ。
なんかね、守ってくれてる気がしたから。
あたしには右典君が、一番似合ってるのかもしれないね……。
「くっ」
次の瞬間、清水君が不敵な笑みを浮かべて失笑した。
「ふーん。僕のモノねえ……生徒会長って勉強にしか興味がないのかと思ったら、普通に女にも興味があったりするんですね？」
「何がおかしいんだよ！」
「おいっ！　磨刃も右典もやめろよ！　それに雫は俺が好きなんだ！　現に俺と雫は付き合ってんだぞ?!」
右典君と清水君の喧嘩に、二人を止めに入った悠君が参加して話がさらに飛躍する。
「はぁー？　何それ、どういうこと？」
「残念でーした生徒会長。でも心配しないで、俺は悠君のモノは必ず奪うと決めてるから。だから彼女は、俺のモノになる予定ってこと」
「ふっ……ふざけるな！　雫ちゃんは僕のモノなんだ！　悠、お前も今すぐ雫ちゃんと別れるんだ！」
「んなこと言われても、"付き合って"って、そう言ってき

たのは雫の方なんだし……」

ヤバい……。
この展開、ヤバすぎる。
あたしは逃げ腰になり、リビングからドアの方に向かって後退りをした。
そんなあたしに、三人の視線が一気に集中する。
「雫ちゃん、悠の言ってることって本当？　本当に、雫ちゃんから悠に付き合ってって、頼んだの？」
「え……いや……その……」
「まさか雫ちゃん、悠に脅されてるんじゃないの？」
「右典ー！　今のは言いすぎだぞ？　俺は女に不自由してねぇーし。脅すならもっといい女を脅すっつうの！」
「だってさ、よりによってこんなアンポンタンな悠なんか……選ぶわけ……」
「おいコラ！　どういう意味だよ?!」
悠君の怒りの声に被さり、ブォーンという扇風機の音がいきなり耳に入ってきた。
口論してる二人を尻目に、清水君がつけたのだ。
清水君はそれからキッチンの冷蔵庫に移動して、喉が渇いたのか勝手に飲み物を探していた。
って、そんなことより……。
どうしよう……右典君にバレちゃったよう！
「つーかさ。その女に選んでもらえばいいんじゃない？

俺達三人の中で本当は、誰と付き合いたいのか!」
ゴクリと水分が喉を通ったあと、清水君が濡れた唇で冷ややかにそう言った。
……ええ?!
ちょ、なんでそうなるのっ?
三匹の蛇に睨まれた蛙のごとく、あたしはこの場から動けなくなってしまった。
三人衆があたしを見てる。
まるで頭のてっぺんから足のつま先までを、舐め回すように見てる。
三人衆が揃うことも珍しいのに、その三人が今、あたしの目の前にいる!
あたしってば……。
女王様?!
じゃなくて、選べって言われても選べるわけないでしょーが!
「……で、誰にすんの?」
「あの、その……」
「雫は俺だよな? 俺と付き合いたかったんだろ?」
「それは……」
「何、言ってんだよ! 雫ちゃんは僕のモノなの!」
「だから……」
あの……。
この場から、逃げ出してもいいでしょうかー?

あたしにジリジリと詰め寄ってくる三人衆。
あたしはそんな三人衆から視線を逸らすと、視界にリビングの扉を横目で捉える。
そして一気にそこへ向かって駆け出した。
逃げるが勝ち！

「ストッ——プ！」
扉までは、あと数センチ。
もう少しでドアノブまで手の届きそうな距離。
……の所で、あたしの目の前には背の高い、男の影が立ちはだかった。
「逃げるつもり？」
——清水君?!
清水君は、あたしの顔を睨みつけながら見下ろしている。
背が高くて全てが整っているその顔は、まるで獲物を捕らえた豹のよう……。
一瞬でもその瞳から目を逸らすと、食べられてしまうってそんな感じ。
「じゃあ、こうしない？　ゲーム開始……みたいな？」
清水君がそう言いながら皮肉な笑みを浮かべて、あたしの髪の毛に自分の指を絡ませてきた。
「きゃっ！」
あたしは思わず、そんな声を発した。
ぐいっ！

「雫ちゃんに触るな！」
そこで右典君が間に入り、あたしをその腕の中に引き寄せる。
あたしはバランスを崩して、そのまま右典君の腕の中に収まった。
あたしの心臓はいつもより高鳴っている。
ドキドキ……言ってるよ……。
「何、俺はバイ菌？」
清水君は、お手上げ状態みたいに両手を挙げると、あたしと右典君から一歩下がった。
「バイ菌じゃなくて、雑菌！　お前が近づくと雫ちゃんが汚れる！」
「俺ってば酷い言われようだね……それにしても生徒会長って、ソイツの保護者かなんかですか？」
「僕は雫ちゃんと住んでるから一応、保護者なんだよ！」
清水君に対抗するように叫んだ右典君。
「「え――!!!」」
その声に対して、悠君と清水君が叫び返す。
っていうか…右典君なんでバラすのよ?!
「なんでお前等、一緒に住んでるの?!　つーか、磨刃の言ってたゲーム開始ってなんだよ？」
驚きを隠せない顔の悠君が、話の先を急かすように促す。
「それはね……」
そう言うと、右典君の腕の中にいるあたしを清水君が引き

離した。
「俺たちはコイツに触れたらいけない。コイツは優勝賞品だから！」
「賞品って、雫ちゃんはモノじゃない！」
右典君が清水君を怒鳴ると、あたしを再度自分の方に引き寄せようとした……。
けど、ふわっとあたしの体が宙に浮いたかと思ったら、軽々とあたしの体は清水君に持ち上げられていた。
そして清水君は、そのままリビングに移動してあたしをソファーに座らせると、悠君と右典君の方を振り返って口を開いた。
「モノじゃないって、さっきから僕のモノだって言ってるのは生徒会長ですよね？　かなり言ってること、矛盾してるんじゃないですか？」
「うるさい！」
「まあいいけど。それより話を戻すけど、とりあえず期間は１年間……誰がコイツの心を自分のモノにできるか勝負しない？」
「なっ?!」
右典君の苛立った様子がうかがえた。
悠君は黙って清水君の話に耳を傾ける。
つーか、それって……。
あたしの気持ちは無視ですか？
いい加減にしてよ！

「手段は選ばないって言いたいところだけど、コイツが嫌がらない範囲までにしとこうか」
清水君は冷静に淡々と言葉を続けた。
それは、国語のテストの"下線部はどこを指すか、抜き出して50文字以内で述べよ！"そんな感じで、感情や表情はまるでマスクを付けてるようでわからなかった。
「俺達は自分に自信があるし、女一人ぐらい、簡単に振り向かせられるよね？　それとも、生徒会長は自分に自信がないの？」
「自信？　あるに決まってる!!」
「悠君は？　軽い女しか自分に振り向かせられない？」
「んな、雫一人ぐらい！」
「決まりだね」
パチンッと、清水君が余裕げに指を鳴らしたと同時に、あたしはソファーから立ち上がった。
「ちょっと待ってよ！　ゲームとかって、そんなんであなた達に振り回されるなんて冗談じゃないわよ！　しかも、あたしがいる前でそんな堂々と決めないでよ！」
「あんたの気持ちなんか関係ないんだけど。俺はね、昔からゲームと名の付くものに負けたことがないし」
「最低っ……！」

——バシッ！
あたしは気がついたら、清水君の頬を叩いていた。

清水君は、くくっと肩を震わせながら笑い、そのままあたしの腕を掴んできた。
「覚えといて？　必ずあんたの心を俺のモノにする！　そして捨ててあげるから！」
「なっ！」
「お前さ、いい加減にしろよ！」
右典君が、あたしの腕を掴んでいた清水君の腕を掴んで引き離そうとした。
けど、鍛え上げられてる清水君の腕はビクともしなかった。
「ねぇ生徒会長。もう、ゲーム開始してるんですよ？　だから、いくら好きだとしても抜け駆けは禁止ですからね？」
「うっ……うるさいっ！」
「悠君も、女は性欲の処理道具と考えてるみたいだけど、力ずくはなしだからね？」
「わーってるよ！」
清水君はそれだけ言うと、あたしの腕を解放した。
清水君に掴まれていた腕がじんじんと痺れて痛い……。
それよりもあたしはとんでもないことに、巻き込まれたのでは?!

ゲームって……。
人の気持ちをなんだと思ってるの？
あたしは負けない！

誰がこいつらを好きになるもんか!!!

戦闘開始……。
今、あたしの戦いは始まった。

第二章
男の事情

宣戦布告

——キーンコーン。
午前中の授業が終わるチャイムが耳に届いたと同時に、あたしは弁当箱を掴み急いで教室を飛び出した。
その理由は、もたもたしてたら、あの三人衆がやってくるからだ。
まず一番に、同じクラスの悠君が先頭切ってやってくるわけだけど。
一度、三人衆に囲まれて、あたしは注目を浴びすぎた。
ったく、あんたらと違ってあたしはごく普通の女子高生なんだからね！
変なことに巻き込むのはやめてほしい！
せめて、無事に卒業できますようにー。
そう、願わずにはいられない。

——ガチャッ。
あたしは、三階の化学実験室に足を進めると、周りの様子をうかがいながら、そこに飛び込んだ。
せめて、お昼ご飯ぐらいはゆっくり食べさせてほしいものだ。
入学当初は絵理禾とすぐに意気投合して、三人衆のことを

ワイワイガヤガヤ言い合いながらお昼を食べていた。
最近では……っていうか、あの日曜日以来、あたしには安息の場がない。
気がつけば、いつも三人衆が近寄ってくるし……。
っていっても、一番先にやってくるのは悠君なんだけど……。
それでもクラスの女子の視線が、痛すぎるんだよぉ!!!
だいたいなんでこのあたしが、コソコソと逃げ回って、お弁当をゆっくり食べれる所を、探し回らなきゃなんないのよ?
昨日は屋上で食べたし……すぐに悠君にバレてしまったけど。
まあ、屋上って時点でありきたりか。
あたしは、うす暗く湿った雰囲気の化学実験室の奥に足を進めた。
――ガコッ。
途中何かに躓いたあたしは、そのまま転んでしまった。
あだだだだ……。
「――ん」
その瞬間、耳に届いた人の声。
どうやらダルそうなその声は、あたしの下からしているみたいだ。
そこで気がついた。
自分が、人の上に倒れ込むように、転んでしまっていたこ

とに。
「ごっ……ごめんなさいっですっ！」
ちょっと、あんた！
なんで、こんな所で寝てるのよ！
言葉では謝っておきながら、心の中では毒を吐く。
でもとりあえず、頭を深く下げて謝る振りをしてみる。
「あれ、あんた……」
その人にそう言われたあたしは、自動的に視線を合わせる。
部屋の中は薄暗いけど、その人とはかなりの至近距離なので、はっきりと視界に映り込んでくる……見たことのある整った顔立ち。
「あ ——— ！」
思わず、大声で叫んだあたしは彼の名が脳裏に浮かび上がる。

"清水磨刃"
そう、現時点で会いたくない男、その２の登場だ。
「あはは、失礼しました……」
あたしは、這うように扉に向かおうとしたけど、グイッと何かに引っ張られた。
「痛っいー」
「じっとしてて」
なんと、あたしの髪の毛が、彼のシャツのボタンに絡まっているではないか。
「あの……」

「ちゃんと、取るから」
彼はそう言って、その長い指で自分のシャツのボタンとあたしの髪の毛を相手に、必死に格闘してくれている。
あたしは顔を赤くしながら、この場から動くことができなくなってしまった。

彼の指が触れてる髪の毛が歯がゆい感じ。
なんか、指の先から彼の胸の鼓動が伝わってくる感じがする。
あたし、きっと顔が赤いよね……。
静かな化学実験室の中で、あたしの心臓の音だけが聞こえている気がした。
あたしは彼の脚の間にスッポリ収まるような格好で、この時間が早く終わることを祈っていた。
心臓、壊れそう。
だって、この人……。
やっぱりカッコいいんだもんっ！
「ん……。取れないね。もうちょっと、待って」
「あの……だったら自分の髪を切るから大丈夫ですっ！」
そう言ったあたしは、彼のシャツに絡まっている自分の髪の毛を摘んで引き千切ろうとした。
──プチッ！
でも先に切れたのは、あたしの髪の毛ではなく、彼のシャツのボタンの方だったんだ。

「なんで？」
「なんでって、"待って"って言うのに、あんたが聞かないからでしょ？」
「あたしの髪の毛なんて、切ればよかっ……」
ドンッ！
「ふざけるな！」
彼があたしの言葉を遮り、背後の壁を叩きながら叫んだ。
彼の冷たい目があたしの目を捉えて離さない。
あたしはその視線に堪えられなくなり、彼から視線を逸らそうとした。
しかしあたしは、彼に顎を掴まれ逸らそうとした視線を引き戻された。
「あのさ。俺の許可なく、自分の髪の毛を切るとか言わないでくれる？」
「はぁ?! なんで自分の髪の毛を切るのに、あなたの許可がいるのよ？」
彼の鋭い視線が、まっすぐ睨みつけてくる。
顔が赤くなってしまうのを必死に抑え込みながら、平常心を保つ。
その時。
「あんたの指も…その瞳も……」
彼の静かな声が耳に届いて、唾を呑み込んだ。
「……っ？」
「足も胸も……」

「なんなんですか?」
「髪の毛一本でさえも、俺が手に入れるんだから。あんたは、これから髪型一つ変えるのにも俺の許可がいるの!」
「なっ……なぁ?!」
「だから、悠君にも生徒会長にも触れさせやしないから!」
「ふっ、ふざけないでよ!!」
とんでもない言葉の数々に、呆れてものが言えない。
誰が、あんたの許可を取るかっつうの!
あたしはそんな彼から無理やり顔を背け、立ち上がろうとした。
でも今まで座っていたせいか、あたしの足は痺れを訴える。
それでも無理やり立ち上がると、彼を睨みつけながら見下ろしてやった。
すると、彼が意味深な笑みを浮かべた。
なんで、笑うの?
ここは、笑うところですか?
「どうでもいいけど、いい眺めだね。そーれ!」
「きゃあぁぁ!!!」
いやあ!!!!!!
どうやら彼の目線からは、あたしの短いスカートの中がまる見えだったようで、そんな皮肉を言われる始末。
でも本当は、あたしの色気のないそれを目にしたところで、なんとも思わないクセに!
「それにしても、色気ないんじゃない? 毛糸のパンツは」

115

「違うのっ！　これは、あたしは冷え性で……ちゃんと下に可愛らしいの穿いてる———」
って、あたしは、この人になんの説明してんだ。
「ふーん。でもさ……その毛糸のパンツじゃ、男引くよ？」
「だから、これはっ……！」
「まあ別にいいけど。俺はあんたの何か見たって、何も感じないし……」
「なっ……！」
なんなの、コイツ！
いっつも、人に嫌みばっかり言って!!!
あたしはスカートの裾を押さえながら、プルプルと震える右手の拳を振り上げた。
そして、左手で彼の胸ぐらを掴み取ると、大きく口を開いた。
「——なんだよ？」
「あなたねぇ！」
そのまま、彼は立ち上がった。
あたしより数十センチは背の高い彼。
そんな彼を見上げることで、再び顔が赤くなるのを必死で我慢した。

だって、悔しいけど……。
認めたくないけど、王子様オーラ爆発って感じ。
「もしかして、キスしてほしいの？」

「誰がぁ……」
「ねぇ。俺はいいんだけどさ……あんた、この体勢疲れない？」
彼にそう言われて、ない脳みそをフル回転させてみる。

確かに……。
彼の胸ぐらを掴んで、背伸びをしている体勢のあたしは体力を消耗してしまう。
つま先で自分の体を支えていたけど、すでにもう限界。
けど、負けじとあたしは、彼の冷たい目を睨みながら口を開いた。
「あなたがあたしを手に入れる前に、あたしがあなたのその腐った根性を叩き直してあげるわ！」
「……くっ」
彼はあたしの言葉に、肩を震わせて失笑した。
「そう言うけど。あんたさ、男知ってんの？」
「なっ?!」
「知らないなら、偉そうなこと言わないでもらえる？」
あたしの目を冷たく見る彼の目は、死んでいた。
生気が感じられず、"真っ暗闇(やみ)をさ迷ってる"そんな感じだった。
ねえ、あたしを見ながらあなたは本当は誰を見てるの？
前に話してた、元カノ？
あたしは三人の中で、清水磨刃の目が一番嫌いだ。

117

逸らすことのできない深い闇の淵……。
多分、そこに溺れてしまったら完全に抜け出せなくなるだろう。
「とにかく、あたしがあなたを変える！　宣戦布告だよ!!」
あたしは彼にそう言って。
──ビシャッ。
強く扉を閉めて、あたしは化学実験室を、あとにした──……。

磨刃の怒り

磨刃side

ガッシャン！
俺はあの女が化学実験室を出ていったあと、目に入ったビーカーをその扉目がけて投げつけた。
ビーカーは見事に扉に命中して、粉々に砕け散り、その破片が扉の前に散乱した。
俺を変えてみせる？
笑わせんな！
何様なんだ、あの女……。
ムカつく、ムカつく、ムカつく！

——ガラッ。
その時、この前俺に告白してきた名前も知らない女がやってきた。
「清水君？」
でもその女は扉の前、入り口に散乱しているビーカーの割れた、ガラスの破片に目が奪われていた。
「これっ……」

「なんか用？」
俺は、それ以上この部屋の中に進入してほしくはないから、その女に近づきガラスの破片を上履きでグシャリと踏みつけると扉の前で通せんぼをした。
「掃除しなきゃ！」
「ほっといてくれない？」
「……でも」
「そうゆうの、ウザいんだけど。あんた、まだ俺のこと好きなの？」
俺は挑戦的な目でその女を見た。
「……好きよ」
女は顔を赤くしながら、俺にそう言ってきた。
は……？
俺のこと好きだって？
俺のことなんも知らないクセに……。
笑わせんな！
ぐいっ——…。
「きゃあ！」
俺は女の腕を掴むと、無理やり化学実験室に入れた。
そして、静かに扉を閉めると口を開いた。
「——脱げよ」
「えっ？」
「着てる服、全部脱げよ！　好きならそれぐらいできるだろ？」

「――……」
所詮、この女もこの程度だ……。
好きとか嫌いとか、どうでもいい。
恋愛なんて、ゲームなんだ。
「できないの？」
俺は冷たい眼差しを女に向けた。
「できないなら、初めから好きとか言わないでくれるかな？」
「で……でも、清水君だって……涛川さんのこと遊びなんでしょ？」
「あんたには関係ない……」
「遊びなら私だっていいじゃない！　別に涛川さんじゃなくても……」
「うるさい。もう消えてくんない？」
俺は女に背を向け、窓際まで歩いていった。
女は俺の背中に向かって、まだ叫んできた。
「私、諦めないから……本気で清水君のこと好きだから、清水君が私と付き合ってくれないなら、私、彼女に何をするかわからないわ……」
俺は苛立ちを覚えた。
ガンッ！
あの女のためじゃない、自分に腹が立ったんだ。
だからこの教室の机を蹴とばした。
女は俺の行動に肩を震わせていた。

「はぁ？　よく聞こえなかったんだけど？　もう一回言ってみろよ！」
「だから私は、涛川さんに……」
「涛川さんに、何？　乱暴するかもしれないって？　ふーん。やれるもんならやってみろよ？　その代わり、その時は俺があんたを……」
俺はそっとその女の耳元で、その先を言うと化学実験室をあとにした。

"タダじゃおかない"
あの女を苛めていいのは、俺だけなんだ。
だって、俺の見つけた玩具なんだから……。
誰にも、触れさせやしない――……。

磨刃のファンクラブ

清水磨刃の……。
「アンポンタ ── ン！」

あたしは屋上で行き場のないうっぷんを、青い空に向かって叫んでいた。
あのアンポンタンのせいで、お昼ご飯を食べ損ねたじゃないのさー。
バクッ。
あたしはその場にしゃがみ込むと、玉子焼きを口いっぱいに頬張った。
なんか、あの人といると調子狂っちゃうんだよね。
──ガチャッ。
その時。
屋上の扉が開いて、数人の女子生徒がやってきた。
「見つけたわよ！　涛川雫!!」
──えっ？
何……？
リーダーらしき人が、あたしの目の前に立って、後ろにいた取り巻き達が、あたしを取り囲むように立っている。

「あんたさぁ。はっきり言って、ウザいのよね！」
リーダーらしき女は、あたしを睨みつけると、次の瞬間、なんとあたしの食べてた弁当箱を蹴とばした。
「ちょっ……何すっ……！」
「私達の磨刃様に、近づかないでもらえるかしら？」
リーダーは、何事もなかったかのようにそう言う。
"私達の磨刃様"って、この人達は清水君のファンクラブなわけぇ?!
でも、人に文句言う前に、その厚塗りなんとかしなさいよね!!
あたしは口に出して言えないから、とりあえず心の中で反発する。
「まあ、磨刃様があんたみたいなブス、本気で相手するわけないけどさ」
「そうそう！　磨刃様はみんなの磨刃様だもの！　生徒会長も素敵だし。あんたには柳悠をあげるわ！」
"あげるわ！"って、悠君はいつからあんた達のモノになったのよ？
「ちょっと、涛川ブス子聞いてるの？」
勝手に人の名前、変えるなー!!!
あたしは静かに立ち上がって、口を開いた。
「清水磨刃とは関係ありません！　追いかけられて迷惑してるのは、こっちの方なんですから！」
「んまぁ！　磨刃様を呼び捨てとはいい度胸じゃない？」

「会長！　こうゆう生意気な女は、痛い目にあわせないとわからないんですよ！」
「それもそうね。あんた達、その女を取り押さえるのよ!!　このバリカンで、丸坊主にしてやるわ！　そしたら磨刃様の100年の恋も一気に冷めるってもんよ！　ほほほ〜」
リーダーがそう言った瞬間、その取り巻き達があたしの体を身動きができないように押さえつけてきた。
リーダーの右手からは、ウィーンと鳴り響く電動式のバリカンが。
まっ……。
丸坊主?!
冗談、キツいって!!!
あたしは必死にもがいた。
けど、あたしの体は強く押さえられていてビクともしない。
だいたいさ、100年の恋って何よ？
清水君は、あたしのことなんか好きじゃないんだから!!!
ジリジリとにじり寄ってくるリーダーに、あたしの顔からは冷や汗が流れた。
今日は天気がいいので、バリカンに太陽の光が反射してあたしの顔を照らし、眩しい。
あたしはあまりの眩しさに、目を細めた。

神様———。
助けてっ……！

あたしが祈る思いで目を瞑った瞬間、頭上から誰かの声がした。
「こらー！　そこのケバケバ軍団！　丸坊主にしたいなら、自分の汚い髪にしやがれっ！」
「はぁ？　誰よ?!」
リーダーはその声に驚いたのか、動揺を見せはじめる。
そして、その声がした方に視線が向けられる。
次の瞬間。
ガゴン！
という衝撃音とともに、取り巻き達はその場に崩れ落ちた。
そして、あたしを庇うように一人の男が立ちはだかった。

「柳、悠……？」
リーダーは邪魔されたことが悔しいのか、唇を噛み締めた。
そして、「覚えときな！」そんな、昔の不良みたいなセリフを吐き捨てると、取り巻き達と逃げるように屋上を去っていった。
助かった……。
あたしは腰が抜けて、その場にへなへなとしゃがみ込んだ。
「大丈夫か？」
彼は、腰が抜けているあたしを起き上がらせようと、自分の右手を差し出してきた。
ぱんっ！
その手を、あたしは振り払った。

「"大丈夫か"じゃないわよ！　いい加減にしてよ!!」
「何逆ギレしてんだよ。助けてやっただろ？」
「助けてやったですって？　たまたまでしょ？　運よく、近くで寝てたからじゃないの？」
彼は図星をつかれたのか、顔を曇らせる。
あたしはやっと立ち上がって、自分のスカートのホコリを払いながら、目線は彼を睨み続けていた。
「そんな怒るなって」
「怒りたくもなるわよ！　危うくあたしはもう少しで、丸坊主になるところだったのよ！」
「うん、わぁーってるって！　悪かったな？」
「丸坊主よ?!　髪の毛は女の子の命なんだから！　あんた等のくだらないゲームのせいで……」
「だから、謝ってんだろ？　機嫌直せっつうの！」
「だって。あたし……」
いつの間にかあたしの目から、涙が零れ落ちた。
あたしはさっきの出来事を思い出すと、恐怖で体がガタガタと震えた。
「マジ。悪かったって」
「あんた等なんか、大っ嫌いなんだから！」
それだけを言って、あたしは彼に背を向けると、そのまま屋上から出ていこうとした。
でも次の瞬間。
あたしの背中が暖かい空気に包まれたと思ったら、彼の体

が密着してきた。
「マジ、ごめん。二度と、危ない目にあわせねえーよ! 今度そんなことが起きたら、俺が命に替えてもお前を守るから!」
「じゃあ聞くけど。あたしが丸坊主になったら、悠君は責任を取ってくれるって言うの?」
「ああ……。責任取って俺も丸坊主にしてやるよ!」
「そんなことしたら、女の子にモテなくなるよ?」
「別にいいよ。そうなったらお前と付き合うからさ!」
「やだよ……変だよ、丸坊主カップルなんて……」
「いいんだよ! もしそれで笑うヤツがいたら、ぶっ飛ばす!」
悠君は照れたように、あたしの肩に顔を埋めてそう言った。
彼に抱き締められてる背中が、熱かった。
でも、嫌ではなかった。

誰かに守ってもらうって、素敵なことかもしれないね……。
あたしはゆっくり目を閉じて、溢れ出る涙を拭った。

球技大会優勝賞品

右典side

——コンコン。
生徒会室の扉が、ノックされた。
そして返事もしていないのに、ノックした奴が中へ入ってきた。
「会長、今度の球技大会のことなんですが」
「……ああ」
僕はパソコンから目を離すことはなく、データを作成する。
指がパチパチとキーボードを打つ。
その音だけが、静かな生徒会室に響く。
村上は、給湯室でお茶の準備をしながら声を張り上げた。
「学年対抗か、クラス対抗にしたいんですが。やはり学年対抗ですか？　それで、優勝賞品はどうします？　やっぱり去年同様、焼き肉券とか？」
「個人対抗にしてもらえる？」
「個人対抗ですか？　あ、お茶どうぞ」
「サンキュ」
机に置かれたお茶のコップから、いい香りが漂った。

苦くも渋くもない、飲みやすいこのお茶は静岡茶で、村上がいつも通販で取り寄せてる代物だ。
「また、なんで個人対抗なんですか？」
村上は僕のすぐ傍の席に腰を下ろしながら、不思議な顔をした。
「いや、その方が面白そうだし……」
僕はチラッと村上の顔を横目で見ると、再びパソコンの画面に視線を戻した。
「確かに、個人対抗は今までやったことありませんし、優勝賞品が一つというのは経費削減にも繋がりますけどね」
「いや、焼き肉券を準優勝にあげてくれるかな？」
僕はガタッと立ち上がり、窓際に移動すると校庭を眺めた。
今は放課後、日が沈みかけ、グラウンドではサッカー部とソフトボール部、野球部の練習風景が見えた。
僕の姿を横目に、村上がずずーっとお茶を飲みながら言葉を続ける。
「準優勝が焼き肉券ということは、優勝はどうするのです？」
「１年の涛川雫。彼女を優勝賞品にしてもらえるかな？」
「はぁ〜?!　会長、正気ですか？」
村上は飲んでいたお茶のコップを落としそうになり、ワナワナと握り直した。
そのコップを握りしめてる両手は震えていた。
そんなに驚くことか？

「正気だよ。どうしても、彼女を僕のモノにしたいんだ！」
「まぁ……変わった賞品で、それはそれで面白いとは思いますが」
村上は面白いと言いながら、僕の提案に半ば呆れていた。
僕は雫ちゃんと一緒に住んでる。
だから、一番僕が有利なはずなのに……。
なのに、どうしても上手くいかない。
それは、学校で悠と清水磨刃が雫ちゃんの周りをうろちょろしてるからだ。
それに、家にいるよりも学校にいる方が長いんじゃないか？

早く……。
早くあの二人には、僕と雫ちゃんの前から消えていってほしい……。
「でも、珍しいですね」
「……何が？」
「会長が、一人の女に執着するなんて。なんか、あったんですか？」
「別に。ただの暇潰しだよ」
僕は、椅子に戻った。
「暇潰しですか！　そういえば会長。知ってますか？」
「何をだ？」
「会長って、ホモって噂があるみたいですよ？」

「なっ……!」
村上のニヤニヤする顔を見ながら、僕は顔を赤くして立ち上がった。
「冗談ですよ。ではこの案で提出しときますね!」
村上はアハハと笑いながら、生徒会室を出ていった。

僕は、冗談とも本気とも取れるようなさっきの村上の言葉に呆れていた。

二重人格右典

目の前ではグツグツと煮える具達。
豆腐がいい感じに色づいてきて、肉団子からはいい匂いがする。
小松菜はトロリと水分を含み、油揚げに味が染み込む。
仕上げに、キムチをどばっとそこに突っ込んだら、ピリッと辛そうないい匂いが部屋の中に充満した。

「っていうかママ、なんでこの季節にキムチ鍋？　めちゃくちゃ暑いんですけどー？」
そう言って、鍋の中を菜箸で掻き混ぜるあたしの額から汗が吹き出す。
まだ食べてもいないのに、汗が流れ落ちるのだから、食事が始まったら更に汗が吹き出すんじゃない？
そんなことを考えながらあたしは、空いた方の左手で、汗で張り付いた服をパタパタした。
「んまぁ。明日、球技大会でしょ？　栄養を取ってもらおうと思ったのよ！　文句あるの？」
「でも……あたし、明日はバスケの補欠だし。それに試合に勝ってほしいなら"カツ"の付く物じゃないのかな？
カツ丼とか、カツカレーとかさ」

「何を言ってるの？　運動神経の悪いあんたなんかに期待してないわよ！　栄養を取ってもらうのは、右典君に決まってるじゃない！」
「ママ！　ちょっと、それは聞き捨てならないわ！」
グツグツ音を立てる真っ赤な色に染まったその鍋の中に、菜箸を突っ込むと、あたしはワナワナと震えながら、立ち上がった。
右典君が来てからというもの、ママは何かとあたしより右典君を優先する。
たとえば、『今晩の晩ご飯は何が食べたい？』という、その質問に対して、あたしがハンバーグ、右典君がオムライスだとしよう。
当然のごとく、その日のメニューはオムライスになる。
あたしに、主導権はないのだ。
じゃあ、聞かないでよね！って、突っ込みたくなるところをいつも我慢している。
お風呂だって、一番風呂は決まって右典君。
い、いい加減にしろ！
そう言いたくなるあたしは、我慢を繰り返してきた。
でも、さすがにそろそろ堪忍袋の緒が切れますわよ！
ママさん!!!

「ただいまぁ……！」
あたしが立ち上がった瞬間。

その声が玄関から響き渡って、噂の張本人がキッチンに顔を覗かす。
ママはあたしと目も合わさずに、スキップをしながら彼に駆け寄る。
「お帰りなさい、右典君。いつも生徒会ご苦労様！」
「忙しいのは、明日までなんですよ。球技大会が終われば、一段落着きますから」
「そうなの？　大変ね。人手が足りないなら、雫をコキ使ってやってね！　あの子、帰ってきても手伝いもしないし、暇でしょうがないのよねぇ！」
「あははは、そうですね。でも大丈夫ですよ」
「そうそう、右典君。ご飯にする？　それともお風呂かしら？」
「すごくいい匂いがしますね！　じゃあ先に、ご飯にしよっかな」
「あらそう？　じゃあ、すぐに準備するわね！」
「ありがとうございます」
そんな会話を淡々として、ママと右典君はあたしの方にやってきた。
右典君は、あんたの亭主かぁ！
あたしは、ママに心の中でそう突っ込みを入れると、再び椅子に座り直した。
「雫ちゃん。ただいま……」
「お帰り……なさい……」

あたしは、自分の顔に向けられる彼の視線に合わせることなく、呟くように返した。
右典君はそんなあたしの顔から視線を外すことなく、当たり前のようにあたしの隣に腰を下ろす。

この、二重人格！
百面相!!!
あたしは心の中で、精一杯彼に反発しながら、立ち上がった。
そして、食器棚から茶碗を取り出しご飯を盛りはじめる。
ママはテーブルの上に皿を並べ、冷たいお茶をグラスに注ぐ。
右典君は、あたしの背中を穴が空くほど見つめてきて、肩を小刻みに揺らしクスクスと苦笑してた。
だから、見すぎだっつーの！
もぐもぐと、口の中に広がるピリ辛の白菜の味を噛み締めながら、隣の人物に、あたしは神経を集中させる。
右典君……。
まだ、見てるし。
最近、彼の視線が痛くて仕方がない。
あたしをまっすぐ見つめてくる眼差し。
綺麗なその眼差しに映るあたしは、生きてるタコをお湯の中にそのまま入れた状態。
紫染みた色のタコは、赤くゆで上がる。

ゆでダコ……。
その言葉がピッタリだ。
右典君の息づかい、何げない仕草。
ただお箸を持つその手にさえ、ドキリとしてしまう。
口に運ぶ白菜になりたいだなんて、あたしはどうかしてる。
とにかく、あたしの方なんか見ないでキムチ鍋見なさいよ！
こんな感じで、あたしは食事の時はいつも箸が進まない。
その視線に、いつの間にか翻弄されている。
やっぱりあたしも女の子で、弱い生き物なんだ。
右典君はあたしの戸惑った様子なんか気にしないで、ママと会話を交わしてる。
もしかして……。
意識してるのは、あたしだけ？

「雫ちゃん？」
右典君がさらにあたしに顔を近づけ、あたしの赤くなった顔を覗き込んできた。
「えっ？」
「顔が赤いけど、大丈夫？　やっぱり暑いよね？　エアコンつけようか？」
この色は、暑いとかの問題じゃないし……。
あたしは立ち上がると、「ごちそうさま」右典君とママにそう告げて、キッチンから飛び出した。

心臓が……。
爆発するかと思った。
あたしは自室に向かいながら、震える心臓を懸命に抑えた。
トントンと、階段を上る音だけがやけに耳に残り、一階にいる二人の会話を打ち消した。
自室に入ると、あたしは鞄から手鏡を取り出し、自分の顔を覗き込んだ。
そこに映った自分は、額に汗が滲み、色素で赤く染まり目が少し充血してた。
——これは、ひどい。
右典君ったら、こんな顔を覗き込むのやめてほしいよ。
右典君は、綺麗な顔だからいつでも用意周到かもしれないけど、彼のような綺麗な顔に見つめられてもいい顔になるには、準備ってものが必要なんだからね。
眉毛だって、汗で消えかかって。
もしかしてあたしってば、女捨ててる?!
あたしは震える手で、手鏡を鞄の中へしまうとベッドに体を預けた。

——コンコン。
あたしがベッドに倒れ込むのと同時に、扉がノックされた。
がばっ!!!
あたしは慌てて体を起こすと、黙ったまま扉の方を見つめた。

しまった……。
鍵を閉めるのを、忘れた。
「雫ちゃん、入るよ？」
「はっ……はい、どうぞ……」
あたしの返事を聞いて、彼は当たり前のように部屋に入ってきた。
そして、あたしが腰を降ろしてるベッドの隣に腰を降ろしながら口を開いた。
「明日さ。僕頑張るからね！」
「明日って、球技大会のことですか？」
「そう、明日が終われば君は僕のモノだから。覚悟、しといてね？」
「えっ？」
僕のモノって、どういう意味？
あたしは彼の言葉に、瞬きをするのも忘れて、その綺麗な顔を見つめた。
そして、口はぽかーんと開けたまま、目を見開いた。
「雫ちゃんが僕のモノになった暁(あかつき)には……」
「ちょっ！　右典君。待ってっ！　言ってる意味が、わからないんですけど？」
「──暁には、君の全てをもらう！」
彼はあたしの顔を見つめながら、そう言葉を紡(つむ)いでにっこりと微笑んだ。

あたしの全て？
スベテ?!

「右典君、全てってどういう意味なの？」
「嫌がっても、僕は雫ちゃんを抱くってこと！　君の処女をもらう！」
「ふざけないでっ！」
あたしは右典君から離れると、顔を赤くして立ち上がった。
固く握り締めた拳に、汗が滲む。
と同時に、とんでもない彼の自己中発言に怒りが込み上げてきた。
「何怒ってんの？　本当は嬉しいんじゃないの？」
「そんなわけないでしょ！　それにあたしが処女って、なんでわかるのよ!!」
「あれ違うの？　男に抱かれたことがあるの？」
あたしの言葉で、一瞬にして彼の表情が変わった。
眉間にシワを寄せ、冷たい目をした彼はあたしを睨みつけてきた。
そして立ち上がって、ゆっくりとあたしに近づいてくる。
「ちょ……来ないで……！」
「他の男に抱かれたことあるんでしょ？　なら、明日なんか待たずに、今日キミを、僕の腕の中で泣かしてあげようか？」
「ちょっ……右典君っ……冗談、キツい！」

右典君は後ろに下がるあたしに詰め寄り、窓際まで追い詰めてきた。
「やだっ……！」
「大丈夫。僕のこと以外、何も考えられなくなるぐらい頭の中を支配してあげるから！」
右典君、本気だ……。
本気であたしのこと……。
彼に追い詰められたあたしは、首を左右に思いっきり振って言葉を発した。
「右典君っ！　待って……ないの。あたしね、男なんて……知らないの」
そう言ったあたしは、腰が抜けてしまって、ストンとしゃがみ込んでしまった。
彼は、あたしと同じ目線にしゃがみ込むと、さっきまでの冷たい眼差しと打って変わって、まるで捨て猫のような目をしながら、口を開いた。
「よかった。雫ちゃんは、まだ誰のモノでもないんだね？　まだ汚れてないんだね？」
「うん……」
右典君……汚れてって……。
でもあたしは、そのことに対して本当に嬉しそうな顔をする彼にドキドキしていた。
あたしの体が綺麗なんだと、褒められてる気がしてドキドキしてしまっていた。

それからその夜……。
あたしと彼は、まるで兄妹のように、夜が明けるまでベッドの上で手を繋ぎ語り明かした。
あたしが他の男に抱かれてないと知った彼は、まるでお兄ちゃんみたいだった。
"妹を守る"
突如、そんなふうにあたしの前に現れたヒーローは、顔がものすごく綺麗で、頭が良くて、欠点がないように見えるけど、あたしのことに関しては異常に執着している。
ムキになるし、自分を見失うし、すぐ苛立ちを覚える。
でも最近、そんな彼がわかってきた気がした。
あなたは、あたしがいなければ生きてけないのでしょう？
でもあたしは、あなた達三人にだけは惚れないと決めたんだ。

ごめんね……。
あたしは誰の力も借りない。
誰に守ってもらう必要もない。
自分の身は自分で守ると、そう決めたんだから——……。

狙われた優勝賞品

「えぇ──!!!」
次の日、バスケの補欠でのんびりしようと企んでいたあたしは、そう叫ばずにはいられなかった。
その叫び声は学校中に響き渡った。

あたしの目の前では、あたしを捕まえようとする五、六人の集団。
獲物を捕まえるにしては、いかにも優等生面。
「おとなしく観念するんだな、涛川雫!」
「あんた、副会長の村上でしょ? どういうことよ、これ?」
「全く、優勝賞品が喋るんじゃねぁ〜い!」
「誰が賞品よ? ふざけんじゃないわよ!!!」
あたしを取り囲む集団の外側では、この面白い光景に続々とやじ馬が増えてきた。
その中で、あたしと同じクラスの悠君も、今学校にやってきたばかりなのか、この騒ぎに、「どったの〜」そう言って、やじ馬に参加している。
「だから、会長からの提案だと言ってるでしょう? あなたは今日の、いわば主役なんですよ?」

「会長って右典君？　冗談じゃないわよ！　人をなんだと思ってんのよ！」
こいつら、人を物みたいに。
いい加減に、ムカつくよ！
右典君が出した提案らしいけど、やっぱりあの人……。
頭、おかしいんじゃない?!
あの人の考えてること、ちっともわかんないよ！
「とにかくあたしが賞品だなんて、固くお断りさせていただきます！」
「ふふふ～ダメだな！　これは決定事項なんだ！　今さら生徒会の決定が覆されることはありえない!!」
「生徒会ってなんなの？　なんかの組織なわけぇ?!　学園長とかもOKしたんじゃないでしょうーね！」
「ああ。学園長もお許しをくださった。あの方は面白い発案を持っていくと必ずNOとは言わない方だ」
バカ学園長！
あなただけが、頼みの綱だったのにー!!!
あたしは教室内をグルリと見渡して、逃げられそうな範囲を確認してみた。
目の前では、あたしが逃げられないように、あたしをロープで縛り付けようとしている村上に、赤いリボンを持った生徒会役員、そしてあたしを取り押さえようと手を伸ばす生徒会役員がいた。

「雫～！　観念すれば？」
そこで、明らかにこの様子を楽しんでる悠君の声が耳に届いた。
「ちょっ……あんた。あたしを守るんでしょ？　見てないで助けなさいよ！」
「はぁ～？　ケッ誰が。お前が賞品なんだろ？　手っ取り早いじゃん！　俺が優勝してお前を食うからさ！」
悠君はチロッと舌を出しながら、小悪魔のようにそう言ってのけた。
――ぷちっ。
次の瞬間、あたしの中で何かのキレる音がした。
バコッ！　ドカッ！
「あたしを捕まえられるもんなら、捕まえてみなさいよ！　そしたら賞品だろうが、なんだろうがなってやるわよ！」
そう叫んだあたしは、生徒会役員と村上と悠君に蹴りとパンチをお見舞いすると、逃げるように教室を飛び出した。
生徒会役員は、一撃で皆伸びてしまった。

賞品だなんて……。
あたしは、物じゃないっつうの！
とにかく、捕まる前に逃げなきゃダメだ！
廊下を走っていたあたしは、目についた使ってない空き教室に飛び込んだ。
その時、流れてきた放送では、あたしを捜すアナウンスと

球技大会の挨拶が行われていた。
『次は会長の挨拶』と流れてきたところで、村上から右典君に替わった。
『雫ちゃん、かくれんぼのつもり?』
右典君……。
『全くキミは、融通の利かない子だね。あまりおいたが過ぎるとお仕置きしなくちゃね? 覚悟はできてるの?』
プチッ──。
放送は、右典君のその言葉で切れた。
お仕置き?
なんであたしが、お仕置きなんかされなくちゃなんないのよ!
あたしは、校内放送が流れたスピーカーを思いっきり睨みつけた。

グラウンドや体育館では、すでに球技大会が始まっていた。
でも、校内の静かな廊下では、バタバタと誰かを捜す足音が、行ったり来たりしながら響いていた。
あたしはとりあえず、空き教室の教卓の中に身を屈めて入り、隠れた。
心臓はドクンドクンと鳴り、廊下に足音が響くたびに、それが加速する気がした。

──ガラッ!

その時。
なんの前触れもなく、この空き教室の扉が開いた。
そして扉を開けた人物は扉をピシャリと閉めると、コツコツ足音を鳴らしながら、あたしが隠れている教卓に近づいてきた。
「そんなとこで何してんの？　優勝賞品！」
「ひゃあ！！！」
"見つかった"
その恐怖から、喉から小さく声が飛び出た。
あたしを見つけたその人物は、そのまま教卓の中を覗き込むような姿勢で目を合わせてきた。
──ゴンッ！
あたしはかくれんぼで、いきなり鬼に見つかってしまった子供のように驚いて、教卓の天板に頭をぶつけてしまった。
「大丈夫？　石頭みたいだけど。もしかして痛かった？」
「大丈夫……です」
そう言って、あたしは顔をその人物から背けた。
見つかってしまった恥ずかしさと、頭をぶつけてしまった恥ずかしさで堪らない。
目が合った瞬間、視界に飛び込んできたイケメンそのものの顔。
でも、清水磨刃がどうしてここに？
「生徒会役員が、躍起になってあんたを捜してるけど？」
「あなたも、あたしを捕まえにきたんじゃないの？」

「──別に。俺はあんたを捕まえたところで、なんのメリットもないからね」
彼はそう言って、目の前でしゃがみ込んでいる。
いきなり近づいてきた顔に視線を逸らせず、その整った顔をまじまじと見つめてしまった。
「あんまり見つめんなよ。顔が腐るって」
「なっ……！　悪かったわね!!　それは失礼しました!!!
それにしても、あたしが優勝賞品って知ってるなら、てっきり清水君もあたしのことを捕まえにきたのかと思ったんだけど」
「なんで？」
「なんでって、それは勝負が手っ取り早く着くと思うし」
不思議な顔をした彼にそう言ったあたしは、彼の返答を待った。
至近距離で言葉を紡いでるため、心臓が飛び跳ねそうになるのを、必死で抑え込んだ。
けどここで、ヒソヒソと会話を続けなければ、生徒会役員に見つかってしまうかもしれないので仕方なく、とどまっている。
「ふーん。そういうこと！　でも俺はそんなんで勝っても嬉しくないんだよね。本当に勝つっていうのは、あんたを俺に惚れさすことに意味があると思うし」
「清水君……」
「だから、連中に捕まりたくないなら、逃がしてあげよう

か?」
そう言ったあと、彼はゆっくり立ち上がった。
逃がしてくれるって、この人が?
何か企んでるんじゃないの?
あたしは静かに彼の顔を見つめた。
彼の綺麗な瞳が、あたしの視線を捉えて離さない。
「つーか、ねぇどうすんの?」
「行きます! 賞品扱いだなんて嫌だもん!! でも、どうやって逃がしてくれるの?」
「さあ? とりあえず窓から逃げよっか」
「うん……」

彼はあたしから離れて、窓際の方にひとまず身を寄せた。
周囲をうかがうように彼がその窓を開けると、外からは色んな声援が入り混じった声が、あたしと彼の耳に届いた。
「あの……」
「何? 行くよ?」
彼が先に、窓から脱出を図った。
本当に行くの?
あたし、上履きなんですけど……。
あたしが戸惑いを見せてると、彼があたしの脇に、自分の両腕を挟み込んできて、そのまま持ち上げてきた。
「何やってんの? 生徒会長に見つかってもいいの?」
ストンと、彼はあたしの体を窓の外に下ろした。

あたしの顔は、少し赤みを帯びていた。
「さぁ、行くよ?」
「うん……」
今度は清水君の手が、あたしの手に重なってきた。
「きゃっ!!」
その瞬間。
あたしは、小さく悲鳴を上げた。
「変な声、出さないでくれる? あんたトロそうだから、仕方なく手を握っただけなんだから。今から、校門まで全力疾走するよ?」
「え? 全力疾走?! ちょっ……清水君。あたし、そんな体力ないよ……」
「問答無用!」
彼がそう言ったと同時に、あたしの体は風を切って前方にすごい勢いで進んでいく。
風があたしの髪の毛を乱して、バサバサと視界を邪魔する。
息が続かなくなりそうになったところで、あたし達は校門を出ることに成功した。
「はぁっ……! ありがとう……校門を出れば、生徒会の人達も追ってこないよね?」
「でもあんた、生徒会長と一緒に住んでんだよね? 家に帰ったら、殺されるんじゃないの?」
「あー!!! 忘れてた! どうしよう……右典君って結構怖いし」

「結構どころじゃないでしょ？　まあ俺には関係ないけど。じゃあ、そういうことで」
彼は、ひらひらとあたしに手を振ると、歩きだした。
あたしはそんな彼のあとを、ゆっくりと追った。

今日は平日ということもあり、制服で歩く二人の姿は目立ってしょうがない。
「ねえ……なんでついてくんの？」
彼は、足を一旦止めて、あたしの方に振り返った。
彼があたしの方を振り向いた瞬間、心臓がビクンと飛び跳ねて、彼との距離を保ったまま立ち止まった。
「だってあたし、今の時間帯……行く所がないんだもん！」
「そんなの知らないよ。自分の家に帰ればいいでしょ？」
「家には帰れないの……ママに学校サボったことがバレるとヤバいんだ……ママね、右典君が生徒会長してるせいか、右典君に迷惑かけることに関しては、恐ろしいほど怖いんだもん！」
あたしは今にも泣き出しそうな顔を向けて、彼の目を見つめた。
「あんたん家の事情なんか俺には関係ないんだけど。だったら、俺ん家にでも来る？」
「いっ……いいの？」
「別にいいよ。俺は一人暮らししてるし……その代わり、身の安全の保障はしないけどね。それが嫌なら、公園でも

151

行くんだね。ついてこられるの、はっきり言って迷惑だし」
彼は、いかにもウザそうにあたしから視線を逸らすと、そう言った。
清水君の家?
行ってもいいのかなぁ?
でも、今のあたしにはその言葉が嬉しかった。
「公園なんかに行ったら、補導員に捕まるかもしれないし……清水君がいいなら、お家にお邪魔させてもらおうかな」
あたしはえへへと頬を赤くしながら彼にそう言うと、彼と一定間隔を保っていた距離を詰めた。
「あんた、今の話聞いてなかったの? 俺は身の安全の保障はしないって言ったんだけど?」
「大丈夫。あたしは清水君を信じてるから!」
「あのね……言っとくけど、あまり男を信じない方がいいんじゃない?」
彼はどこか照れたようにそう言うと、止まっていた足を再び動かしはじめた。
「うん……。男の人はそう言うけど、あたしは誰でも信用してるわけじゃないよ? だって清水君は口は悪いけど、根は善い人でしょ? あたしね、そうゆうのは見る目があるんだ!」
「あんたって、変わってるね」

「それ、よく言われる」
あたしはニコニコと笑みを浮かべると、あたしの歩幅に合わせて歩いてくれてる彼の横に並んで歩きだした。

磨刃のアパート

「お邪魔します……」
清水君のアパートの部屋に足を踏み入れてから、初めて男の人の部屋に来たことを実感した。
あたし今さらだけど、なんかとんでもないことしちゃってるのかな？
学園の王子様の一人、清水磨刃の家にやってくるなんて！
写メ撮らなきゃ ━━ !!
って、そういう問題じゃないでしょ！
一人悶えながらボケ突っ込みを入れるあたしは、玄関から動けないでいた。
彼はあたしを残して、さっさと部屋の中へ行ってしまった。
清水君の部屋は、１Kで、当たり前の物が当たり前のように置かれている、殺風景なモノトーンの部屋だった。
たとえば、はい、僕ちゃんテレビ！　はい、私は冷蔵庫ちゃん！
そんな感じであるべきものがそこにあるって感じだ。
必要な物以外は、何もなかった。

玄関から動こうとしないあたしを見兼ねたのか、清水君が戻ってくると呆れた顔をしながら口を開いた。

「今さら、怖くなったとか?」
「そんなんじゃ……」
はい、当たりです!
クイズ番組とかなら、ここでピンポーンとかいう正解の音が鳴り響く。
商店街の福引きなら、チャリチャリンとかって鐘の音が鳴るかもしれないぐらいに大正解です!
「じゃあ、そんな所にいないで入れば?」
「そうだよね。なんか緊張とかしちゃって……」
だって、一人暮らしの男の人の部屋に来るのって、考えてみれば初体験だ。
「緊張? そんなもの彼氏の前ですれば?」
「彼氏って、そんな人いないもんっ!」
「だろうね……」
「"だろうね"って、どうゆう意味よ?!」
「そのまんまだけど? いそうに見えない。それに、そんな所に突っ立っていられたら迷惑なんだけど」
迷惑ですって?
他に言い方ってものがあるでしょうに!
「あーさいですか。じゃあ遠慮なく失礼しますわ!」
あたしは清水君の横を通り過ぎながら、ずかずかと足音を立てて部屋の中へ入った。

あたしが部屋の中へ入ると、ウィーンという音と同時に、

涼しい風が髪の毛を扇いだ。

気持ちいい……。

冷房？

彼は、キッチンでカチャカチャと何かをしていた。

とりあえずあたしは、真ん中に据えられている黒のガラステーブルの前に腰を下ろした。

それと同時に、彼がやってきた。

「何もないけど、麦茶でいい？」

「……ありがとう」

お礼を言って、彼からゆっくり麦茶の入ったグラスを受け取った。

なんか、調子狂うなぁ……。

絶対清水君のことだから、タダでは帰してくれないと覚悟を決めて来たんだけどな。

ずるずると、まるでラーメンをすするような音を立てながら、あたしは麦茶を喉に流し込んだ。

彼はあたしの前に腰を下ろし、傍にあった雑誌を開いている。

ペラペラと雑誌を捲る音が耳に届く。

エアコンが、二人の髪の毛をゆらゆらと揺らす。

この部屋は、エアコンの音以外、他には何も聞こえないくらいにとても静かだった。

その沈黙に耐え切れなくなったあたしは、彼に話しかけた。

「なんの雑誌読んでるの？」

「……別に」
会話をしようとするあたしに対して、興味もないのか、一言だけで切り返された。
この人、会話が続かないよぉ……！
負けるもんか！
「清水君って、ピアノ天才なんだって？　ここにはそれらしき物が見当たらないけど、練習とかしてないの？」
「キーボードでやってるから。それに俺、別に天才じゃないし……」
キーボード?!
って、あのバンドとかが演奏してるあれだよね？
あたしは彼のその言葉で、部屋の中を見渡した。
そして、一台のキーボードらしきものが、壁に立てかけられているのを発見した。
もしかして、キーボードってあれかな？
全然、気がつかなかったよ。
「ねえ清水君。あのキーボード、弾いてくれないかな？」
「はぁ?!　やだよ」
「なんで？　あたしピアノのこととかよくわかんないけど、清水君のピアノを初めて学校で聞いた時、ものすごく感動したんだよ？」
「だから、それが何？　そんなこと、俺にはどうでもいいことだけど」
そう言った彼の表情は、思いっきり引きつった顔。

そして、とても冷たい表情。
あっ……またぢ……。
この人の、時折見せる冷酷な顔。
全てのものを拒絶するかのような、そんな表情。
やっぱりあたしには、この人を変えることなんてできないのかな……。
「ここさ、防音付いてないから、あれやると近所からクレーム来るんだよ！」
「へ?!」
「だから、そんなに聞きたいなら、これやるよ！」
そう言った彼は、あたしに一枚の紙切れを手渡した。
「毎週土曜、夕方の６時から。俺さ、その店でバンドの生演やってんだよ」
「バンド？」
「まだアマチュアなんだけど、プロとかも目指したりしてさ。まぁ暇なら、来れば？」
「あ……りがとう」

ヤバい……。
声が裏返ってしまった。
あたしがチラッと彼の表情をうかがうと、彼はスッとあたしから視線を逸らし、その表情を、見せなくした。
もしかして照れてるの？
あたしは這うようにして、思い切って彼の正面に回り込ん

だ。
彼は、いつものキツい口調からは想像ができないくらいに赤面していた。
そして、突然自分の視界に現れたあたしを睨みながら口を開いた。
「何、見てんだよ？」
「清水君の……赤い顔……」
「アホか！　別に赤くないし!!」
「赤いじゃーん！　素直じゃないなあ!!」
「うるさいよ!!」

新しい発見をした。
彼は、口は悪いけど照れ屋さんなんだ。
「ねぇ、清水君」
「……ん？」
「本当に好きな子ができたら、少しは素直になった方がいいよ？」
あたしがそう言った瞬間。
彼は眉間にシワを寄せながら、少し顔つきが変わった気がした。
けどあたしは、そのことに気づかない振りをして言葉を続けた。
「だってね……大切なことは言葉にしないと、伝わらないんだよ？」

「…………」
「清水君さ……今まで自分の気持ちとか、ちゃんと相手に伝えたことってある?」
あたしは彼の顔を、まっすぐ見つめた。
するとすぐに彼は、あたしから目を逸らして背を向けた。
でもあたしは彼の背中を見つめながら、そのまま言葉を続ける。
「あたしね……清水君や悠君があたしのことで賭けとかしてるの正直嫌だよ。だって、あたしのことなんか好きじゃないんでしょ? そんなことをして、本当に欲しいものは手に入るのかな? うぅん……そんなことをしても、清水君や悠君に残るものは、自己嫌悪だけじゃないのかな?」
「別にそれでもいいんじゃない? そんなのあんたには関係ないでしょ?」
「うん、確かにあたしには関係ないかもしれない。それに、あたしはそんな気持ちで来られたって、悠君や清水君のことを、絶対に好きにはならないし。でもね、結局は傷つくのは自分なんだよ? そんなの……見たくないよ」
「お人好し……」
「そうかもしれないね!」
「おせっかい……」
「悪かったわね!」
あたしはなんと言われようと、彼氏にこんな愛され方しかされないのは嫌なの。

でもそう思うことは、ただのあたしのワガママなのかもしれないね。
「じゃあ、こうゆうこと?」
今度は、彼から言葉を紡いできた。
腕が、彼に掴まれている。
「え?」
「俺が、あんたに本気になれば、あんたを愛する資格をもらえんの?」
「それは……」
人が人を好きになるのは、理屈じゃどうにもならないと思う。
だって……。
この子に本気になるからって、そう思って好きになれるものでもないでしょ?
違う……人を好きになるのは、そんなに簡単なものじゃないの。
「まだ、俺に何か言いたそうだね」
彼は、掴んでいたあたしの腕を解放しながら囁くようにそう呟いた。
もしかして……。
「清水君は、前に話してた悠君に奪われた彼女のこと、本気じゃなかったんじゃないの?」
「なんだって?」
あたしがそう言った瞬間、彼の表情が明らかに変化した。

そんな彼の顔を目にしたあたしは、"ヤバそう"と思ったけどそれは後の祭りで、腕は再び彼に掴まれていた。
彼に掴まれた腕に、激痛が走った。
さっきとは違って、力の加減なんかはお構いなしに、あたしの腕に彼の爪が食い込んできた。
「痛いよっ……やめっ……清水君っ!!」
「なんであんたは……なんであんたは、ムカつくことばっかり言ってくるんだ!」
「ごめ……ん……なさい……」
自分の腕に食い込んでくる彼の爪の痛さに、あたしの目に涙が溢れてきた。
それに気づいてくれたのか、彼はあたしの腕からやっと手を離してくれた。
「ごめん俺。どうかしてた。多分、あんたに言われたことが、図星だったからムカついたんだと思う」
「うん、へーきだよ。あたし、そろそろ帰るね？」
あたしはこれ以上、この部屋にはいたくないと思って、立ち上がった。

「だめ……まだ帰さないよ」
「え？」
けど、彼もあたしと一緒に立ち上がってあたしを引き止める。
「腕、見せてよ」

「平気だよ……なんともないから」
「見せないと、服を引き裂くよ？　それでもいいの？」
「ちょっ！　清水君、冗談キツいよ」
「冗談じゃないから。だから、早く見せてよ」
「……わかった」
あたしは、彼に言われるがままに着ていたシャツの袖を捲り上げた。
あたしの腕には、赤く痛々しそうな彼の爪跡がくっきりと浮かんでいた。
「ごめん……俺」
「大丈夫だって！　大袈裟だなぁ。本当に大したことないから！」
「綺麗な腕なのに……」
「きゃっ！　清水君?!」
次の瞬間。
あたしの腕に、熱い刺激が走った。
「……んっ」
ゾクゾクとするような、彼の熱い舌が腕の爪跡を舐め上げている。
彼が、爪跡に吸い付いている。
熱い……。
彼の舌の感触が、あたしの腕を優しく刺激する。
何も考えられなくなるぐらいに、思考という機能が麻痺するほどに、大切に介抱してくれる。

あたし……。
なんか、変かも……。
彼が触れてるのは、あたしの腕だけなのに、全身の細胞が溶けそうになっている。
これ以上、やめて———……。
「ねえ……」
「ふえ?!」
彼がその唇を離さずに、あたしに囁いてきた。
「——もしかして、感じてんの？」
「なっ！」
あたしはまさに図星だったので、彼から視線を逸らして頬を染めた。
「あんたって面白いね……」
「からかわないでよ！　それにもういいでしょ？　腕を放して!!」
「やだね」
「なんでよ？」
そう言われたあたしは、再び彼に視線を戻した。
次の瞬間、彼はあたしの腕を掴み上げて、そのままそこに押し倒してきた。
なっ……！
何?!
なんで、あたしの上に彼が覆い被さってるの？

そんな言葉が、あたしの脳裏を過ったけど、あたしが目をパチクリさせてる間に、時はすでに遅しというのか、視界に彼の長いまつ毛が映り込んで、そのままあたしの唇は、彼のそれによって塞がれた。
「んっ……！」
あたしは彼の胸を押しながら、足をばたばたさせた。
その間にも、口内が彼によって犯されはじめる。

なんで？
清水君、なんで？

あたしのこと好きじゃないはずなのに。
あたしは涙目で、彼に必死に訴えかけた。
彼は、自分の濡れた唇をあたしから離すと、その距離を保って口を開いた。
「俺なんか……」
「え？」
唇を離したとはいえ、まだまだ至近距離の彼に、あたしは再び赤面した。
また、お互いに繋がっていたそこからは、その印なのか銀色の糸が垂れた。
「俺、やっぱりゲームとか賭けとかそんなの関係なく、雫を抱きたい」
「ちょっ！　清水君？」

何を、言っちゃってんのよー！
あたしは恥ずかしくて、初めて自分の名前を呼んできた彼の目がまともに見れなかった。
「初めてかも、こんな感情……誰にも渡したくないとか思うのも、好きな女としたいと思うのも、傷つけたくないと思うのも、傍にいたいとか思うのも……とにかく俺……」
真剣にそう言って、まっすぐと見つめてくる彼の二つの瞳に、あたしは、まるで金縛りにでもあったかのように身動きが取れなくなった。
「雫を愛する資格が欲しい……って言ったら、どうすれば、それを俺にくれんの？」
「どうすればって……」
そんなこと急に言われても、困るよ……。
だってあたしは、あの日決めたんだ。

こいつ等には、絶対惚れないって！

何がなんでも、落ちないって、負けないって、そう決めたんだから。
なのになんで、そんなあたしの決意を揺さぶることばかり言ってくるんだろう。
このままじゃあたし、この人に流されてしまうよ。
「なんか、信じられないって顔をしてるね」
「そりゃそうでしょ……あたしはてっきり、清水君に嫌わ

れてると思ってたんだもんっ！」
「嫌ってないよ。ムカつく女だとは思っていたけどさ」
あはは、やっぱりそう思われていたんだ。
なんかやっぱり、それはそれでショックだよね……。
彼は、あたしから離れると体勢を立て直した。
「あんたみたいな……か弱い女はいつでも俺のモノにできるんだ。でも、それじゃ意味がない。あんたの心が欲しいから。あんたに触れても許される男になりたい！　だから、今日のところは我慢しとく」
彼のセリフに、"何をだー"って突っ込みを入れたかったけど、喉まで出かかった言葉を呑み込んだ。
だってね、呟くようにそう言った彼の表情が、今にも泣きだしそうに見えたから……。
彼が、あたしをからかってるようには見えなかったから。
だからあたしは、何も言えずに彼から距離を取って、彼のアパートをあとにしたんだ―――……。

お仕置き

あたしは、清水君のアパートを出ると、他に行く所もないので、結局そのまま家に戻ってきた。
でも、なかなか家の中には入ることができず、行ったり来たり、家の前をうろうろしていた。
もう夕方。5時かぁ……。
今日は球技大会だけだったから、生徒会もすることはなくて、右典君はもしかしたらすでに家に帰ってきているかもしれない。
結局のところ、あたしは逃げ出してしまった。
でも……。
あたしは、悪くないよね？
賞品扱いされて、危うく優勝した人の奴隷(どれい)……または言いなりにさせられて、あたしの操(みさお)を奪われてしまうところだったんだから。
って、いくらなんでも右典君はそこまで鬼ではないか……。
でも鬼ではないけど、悪魔的な感じはするよね。
自分の思いどおりに事が進まなければ、手段は選ばないってタイプなんだもん！
ママ、早く帰ってこないかな……。
最近ママは、この時間帯に買い物に行くことが多いから、

ママと一緒に帰ったら、さすがの右典君だって堂々とは何もしてこないだろう。
右典君は結構、猫被りだからね！
あたしが頭の中でそんなことを考えて、脳いっぱいにその考えを巡らせていたら、自分の背中から少し低い無愛想な声が聞こえてきた。
「───何してんの？」
え……？
この声はもしや……。
あたしは恐る恐るその方を振り返る。
夕日が、その人物の掛けている眼鏡のレンズに反射して眩しく光った。
目の前の人物は、明らかに不機嫌なのが、理解できた。
そして、今は一番会いたくない相手だと脳から指令が出るのに3秒もかからなかった。

右典君！
ヤバい……。
完全にキレテマス？
ここであたしが、へらへらしながら"右典君キレてる？"って聞くと"キレてないですよ〜"って人差し指を左右に振って、冗談を言ってくれるタイプではないですよねー。
えーと……。
さて、どうするか……。

やっぱり、逃げるが……。
勝ち！

あたしはそう思うと、彼と言葉を交わすこともなく咄嗟にダッシュを試みた。
……けど彼を目の前にして、運動音痴なあたしにその方法が上手くいくはずもなく。
首根っこを、逃げられないように掴まれていた。
「雫ちゃん。キミはまた僕から逃げるつもり？」
「ふにゅ！」
飼い猫のように首根っこを掴まれてるあたしからは、そんな変な声しか出てこなかった。
「雫ちゃん……今日ね、随分とキミのことを捜したんだよ？　いい加減、僕を、怒らせないでくれるかな？」
「あたし、何もしてないもんっ！」
「なんだって？」
彼は自分に口答えをしてきたあたしに対して、即座に不機嫌な顔をした。
あたしはそんな彼に対して、一瞬たじろいだものの、キッとその瞳を睨みつけた。
「雫ちゃんって、反抗期なのかな？」
「反抗期って右典君に言われたくないし！　あなたの言いなりにはならないもん!!」
「全くキミって子は。ペットはもっと、ご主人様の言うこ

とを聞くもんだけどね！」
「ペットって……あたしは右典君のペットになった覚えもないし！　右典君の召し使いにもなった覚えもないもん!!」
あたしはもう一度、彼を睨みつけて、そのまま玄関へ飛び込んだ。
そんなあたしの背中を見つめながら、右典君が軽く舌打ちをしたのを、あたしは気づかなかった。

ヤバい！
言ってしまった！
一緒に住む上で、右典君とだけは喧嘩をしないでおこうと決めていたのに、とうとうやってしまった。
さて、彼は相当怒ってるだろうし、どう出てくるかわからない。
あたしは今にも飛び出しそうな心臓を落ち着かせながら、自分の部屋に駆け込んで鍵を締めた。
これなら右典君が、この部屋に入ってくることはできない。
最初から、こうすればよかったんだ……。
いくらあの右典君でも、扉をぶち壊してまでは、あたしの部屋には入ってこないだろう。
でもこれじゃあ…。
ご飯もそうだけど、お風呂も、トイレすら行けないじゃーん！（今さら気づくおバカなあたし）

とりあえず、様子だけでも見てみよっか。
悪いけど、今回の事に関しては、あたしは謝るつもりはないもん！！
右典君に優勝賞品扱いされて、喜ぶバカな女はあなたのファンぐらいだと思うよ。
だって……あたしは。
物じゃないもん！
あたしにだって、意思はあるし、選ぶ権利だってある！
物扱いされて嬉しがるようなドMじゃございませんことよ〜おほほほほほ。
あたしは隣の部屋の右典君に向かってそう叫んでやりたかったけど、それはやめといた。
でも人間って、どんなに怒っていても、いくら腹が立っていても、お腹が空くからやっかいな生き物だ。
ぎゅるるるるって、お腹が悲しい悲鳴を上げている。
そうだ、あたしってば、朝から何も食べてないじゃーん！

信じらんない……。
こんなに食いしん坊のあたしが、よく我慢できたもんだと褒めてあげたいところだ。
でも……。
"お前はお腹が空いた"って、脳から指令が来ると本当に我慢ができなくなってきた。
お弁当だって、今日はまだ食べていない。

ううん……食べる機会がなかったのだ。
そのお弁当でさえ、鞄の中にある。
なんで鞄を、玄関に置き去りにしてきたんだろう。
この部屋には、他に何か食べるものはないの?
あたしは、勉強机の引き出しの中を上から順番に漁（あさ）ってみた。
そこにあったのは、ピンクの包みのキャンディーが一個。
うう……。
これだけ?
あたしってかなり、ひもじいんですけどー!
あたしは仕方がないので、いつのかわからないキャンディーの包みを開けると口の中へ投げ入れた。
そんなキャンディーでも、今のあたしにとってはどんな高価な宝石よりもありがたかった。
甘い、ちょっとベトーッとしたイチゴ味のキャンディーの味が口の中を支配する。
満腹にはほど遠いものの、いつも食べてるキャンディーよりは数倍美味しく感じた。
あ……。
もう、食べ終わっちゃったよ。
ふぇー泣きそう……。
高校生で、こんな時間にご飯が食べれなくて泣きそうになってるのは、世の中できっとあたしぐらいだ。
あたしが疲れきった体をベッドに沈めようとした時、一階

の方からいい匂いがしてきて自分を呼ぶ声がした。
「雫〜？　ご飯よぉ？」
いつの間にか帰ってきていたママ。
どうやら、夕食の準備を済ませたみたいで、あたしを呼ぶ。
うぅ……。
食べにいきたいよ。
でも行けないのよ！
行ったらあたしは、逃げるタイミングが掴めなくて彼に捕まってしまう。
でもでも……。
この匂いに誘惑されてしまったあたしは、心と体が思うように言うことを聞かない。

次の瞬間。
あたしは、カチャッて音とともに部屋から飛び出していた。
あたしがキッチンに来ると、ママがお鍋の中をおたまで掻き混ぜているところだった。
そこには右典君の姿はなかった。
あたしは安心したようにママに声をかけた。
「ねぇ、ママ。右典君は？」
「お風呂よ！　あんたもこれを食べたら入りなさいよ？　球技大会で汗掻いてるんでしょ？」
「まぁ……うん」
あたしはそこんとこは曖昧に答えた。

右典君……。
あたしが球技大会をサボったこと、ママには話してないんだ?
なんかホッとはしたものの、"いつ言われるんだろう"って考えると、胃がキリキリしてきた。
いや、ただのお腹の空きすぎかもしれないけどね。
でも、右典君がお風呂に入ってるなら、これ幸いだ。
早くご飯を食べて、この場を離れて、彼がご飯を食べはじめるのを見届けてすぐにお風呂に入って、右典君が食べ終わるより先に部屋に戻る!
ふふふ、完璧(かんぺき)な計画だ!
あたしはまるで完全犯罪を考えた推理小説の犯人のように不敵に笑うと、ママが装(よそ)ったカレーライスにスプーンを入れた。
と同時に、右典君がキッチンにやってきた。
だから、あたしの完璧のはずだった計画は脆くも崩れ去った。
「雫、何? 食べないの?」
ママがそんなあたしの様子に気がつくはずもなく、あたしの顔を覗き込んだあと、右典君にもカレーライスを盛った。
「ありがとうございます! すごく美味(お)しそうだなぁ~!」
右典君はそう言うと、あたしの顔をチラッと見て、くすくす笑みを浮かべるとカレーライスに視線を戻した。

わっ……。
笑ったなぁ～！
くっそぉ～!!
あたしは真っ赤な顔をして、ガチャガチャとスプーンを鳴らして、もぐもぐカレーライスを口に運んだ。
うう……。
美味しいじゃないか！
あたしは１週間ぶりに食事にありついた人みたいに、お腹いっぱいカレーライスを食べた。
そんなあたしの顔を、右典君は舐め回すように見ると、皮肉っぽく笑った。
でもあたしは、右典君のその顔に気がつくはずもなく、泣きそうなほどに美味しいカレーライスを食べ終わったあと感動していた。
さてと、お風呂入らなきゃ……。
こうなったら、開き直りだ！
「ご馳走様」ってママに言ったあたしは、立ち上がって風呂場に向かった。

――ポチャン。
あたしは、疲れきった身体を湯船に浸けた。
あたしの頭の中では、今日の出来事がまるで映画のように上映されていた。
今日って、本当にいろいろあった１日だったな……。

まさかあたしが、清水君のアパートに行ったってだけでもありえないことなのに、その部屋の中にまで入って、お茶までご馳走になってしまったし。
それに、また唇を奪われてしまったし……。
って最初のルールでは、嫌がることはしないんではなかったっけ？
まあ……。
あんなに突然押し倒されて、唇を重ねられたら抵抗する暇なんか、ないってーの！
もしかして、あたしが隙だらけなのかな?!
──バシャバシャ！
あたしは湯船に顔を浸けた。
違う！　違う!!
あたしは悪くない!!!
だってさ、あんなに男前なんだよ？
その顔がふっと目の前に現れたら、キスを考えなくたって普通の女の子なら無意識に目を閉じちゃうよ！
別に次のことを期待してるわけじゃないの。
その顔にドキドキしてしまうの。
そんな容姿を持った奴等が、近づいてくるから悪いんだ！
そーだ！
あいつらが悪いんじゃん！
でもさ、最初は見ているだけだった三人の王子様。
それがここ数日で大変化した。

あたしをその瞳で見つめ、あたしもまた彼らを見つめ。
互いに言葉を交わし、互いの瞳に映り込む……。

これって、もしかして……。

運命?!

まさかね……。
だってあたしは、奴等のゲームのターゲットに過ぎないんだもん。
楽しければ誰でもよかったはず……。
そう考えると、少しへコむけどね……。
あたしはもう一度湯船に顔を浸し、湯船から出て、髪の毛と身体を洗うと浴室を出た。
あたしは、脱衣所に置いてあるバスタオルを手に取り、滴だらけのその身体を拭いた。
そこに、置かれた体重計に足をのせる。
げげーっ！
あたし、太った?!
あたしはまるで、見てはいけないものでも見てしまった時のように驚いて、体重計から自分の重さを支えているその足を下ろした。
そしてあたしは、パジャマを着るとバスタオルを首にかけて自分の部屋に向かった。

途中キッチンを覗くと、キッチンの電気は消えていて、ママも右典君の姿もそこにはなかった。

右典君……。
諦めて、部屋に戻ったのかな？
顔を合わすと絶対に何かを言われるはずだから、避けていた。
でもあたしが考えているほど、彼は執念深くはないかもしれないね。
っていうか、いろいろ考えてたら喉渇いたよ。
あたしは階段にかけようとしていた足を下ろし、再びキッチンに向かった。
そして暗いキッチンの電気をつけて、冷蔵庫まで移動するとそのドアを開けた。
んーっと、あったあった。
サイダーちゃん！
やっぱり風呂上がりは、炭酸系で決まりでしょ！
この時のあたしの頭の中には、さっき測った自分の体重のことは吹っ飛んでいた。
目の前の欲望で、"我慢"って言葉は、どこかへ吹っ飛ばしたのだ。
そしてサイダーの詮を開けると、まるで親父みたいに腰に右手を当ててプハーッと一気飲み。
あたしはそれに満足すると、濡れた唇をバスタオルで拭い

て洗面所に向かった。
歯を磨いて、もう寝よう…。
ふわー！
あくびが出てきた……。
なんでお風呂上がりって、眠くなるんだろう。

あたしはトントンッと足音を小さくするわけでもなく、いつものように階段を上がった。
そして右典君の部屋を気にすることもなく、素通りして、自分の部屋にたどり着くと中に入った。
あたしの部屋は暗かった。
あたしは、とりあえず壁に手を添えて電気のスイッチを探す。
——カチッて音とともに、部屋の中に明かりが行き渡る。
明かりがついたことにほっとして、あたしが部屋の中を見ると、ベッドに、右典君がまるであたしを待ち構えていたかのように腰かけていた。
右典君?!
どうして———……。
あたしはその場に固まってしまった。
彼は、ベッドから立ち上がるとあたしの方ににじり寄ってくる。
我に返ったあたしは、ヤバいって言葉が脳裏に浮かび、反射的に後ろに向き直ってドアノブに手をかけた。

そのあたしの右手に、すぐさま彼の手が重なった。
「また逃げるの？　僕とゆっくり話をする時間さえ、キミはくれないの？」
自分の耳に届いた低い声に、一瞬たじろいだ。
ドアノブにかけていた右手の力が緩む。
そして彼の方に、ゆっくり振り向いた。
彼と目が合うと冷ややかな視線を注がれて、次に彼は、あたしの体をいとも簡単に軽々と持ち上げた。
「きゃ！　右典君？」
「僕の話を聞いてもらう前に、キミにはお仕置きをしないとね？」
「お仕置き?!」

ドシッ！
そして、すぐベッドの上に降ろされた。
お仕置きって、なんなのよ ── ！
あたしはまるで、酸素の足りなくなった金魚のように口をパクパクさせると彼の顔を睨みつけた。
「雫ちゃんはね。教育がなってないんだよ！　最初にキミは僕のモノだって言ったはずでしょ？　ねぇ……今日は学校サボって、どこに行ってたのかな？」
右典君はそのまま自分もベッドの上に這い上がってくると、あたしを睨み返しながら聞いてきた。
ベッドの上に寝かされたあたしは、すぐに体勢を立て直し

てベッドの枕元にその身を寄せた。
「見た奴がいるんだよね……」
そう言った彼は、あたしにゆっくりと近づいてくる。
あたしは彼に追い詰められて、逃げ場所がなくなった。
「右典君……見たって何を?」
「雫ちゃん、今日、アイツと学校サボったでしょ?」
「あいつって?」
彼にそう返しながら、額には冷や汗が滲んでいた。
あたしは動揺を隠せずに目を白黒させながら、彼から不自然に視線を逸らした。
「とぼけるつもり?」
そう言う彼の目は、これっぽっちも笑ってはいなかった。
げげー!
サボる前から、いつかはバレるだろうって覚悟はしていたものの、こんなに早くバレることなんて予測できてなかったよー!

どどどど、どーしよー!!

あたしは、冷めた表情を作ってる彼に恐る恐る視線を戻した。
ちょっ! 右典君。
目が笑ってませんけどー!
「あのー右典君。どうでもいいけど、少し離れてくれない

かな?」
追い詰められて逃げ場のないあたしは、そんな言葉ではぐらかすことしかできなかった。
「僕が離れたら、雫ちゃんはまた逃げるでしょ？ それに今はそんなこと関係ないでしょ？」
彼は、リトマス試験紙みたいにサッと顔色が変わるあたしを面白がってるふうにさえ感じる。
彼とあたしの距離は10センチも離れていないせいか、互いの匂いが鼻をかすめる。
同じシャンプーを使っているので、同じ香りが。
彼はあたしの白黒してる目を見つめながら、ぐいっとその顔をさらに近づけてくると言葉を続けた。
「雫ちゃん、もう一度だけ聞くよ？ キミは今日、清水磨刃と学校をサボったの？」
そう聞いてきた彼の声は、どこかしら震えていた。
聞きたいけど、聞きたくない。
——そんな感じがした。

「あーもう、そうよ、そう！ 彼が優勝賞品になりかけたあたしを助けてくれたの！ それが何？ 右典君には関係ないでしょ？」
もう、こうなりゃヤケクソよ！
文句あるなら、言ってみればいいでしょー。
受けて立つわ！

あたしはそう言ってしまったことに、後悔というよりはスッキリって感じで深呼吸をして、自分に押し迫ろうとしている彼の胸を軽く押した。
「もういいでしょ？　右典君、あたし疲れてるの。話が済んだなら出ていってくれないかな？」
どんっ！
でも彼は、あたしから一向に離れる様子はなく、あたしの枕元の白い壁を思いっきり叩いてきた。
その音に、さすがのあたし自身も驚いた。
「右典君……？」
「ふざけるな！　何が、清水磨刃に助けてもらっただって？　キミは今日優勝したこの僕のモノになる予定だったんだ！　キミが見つめていいのはこの僕だけ。キミが名前を呼んでいいのもこの僕だけ。キミが愛していいのもこの僕だけ。キミが体を許していいのもこの僕だけなんだ！」
「ちょっと右典君、何言ってるの？　それはあたしが決めることでしょ？」
「キミが決めるだって？　キミにそんな権利なんかないんだよ？　なのに……なんで思いどおりにいかないんだ。どれだけ待てば気が済むんだ。いい加減に僕のモノになってよ！」
彼はそう言って、そのままあたしの唇に自分のそれを重ねてこようとした。
「……やだ！」

咄嗟にあたしが顔を背けて、その行為に反発した。
でも、そんなあたしの抵抗も虚しく、あたしの顔はぐいって力強い手によって、彼の方に向けさせられると、強引に、唇を塞がれてしまった。
「っ……ン……いや……ぁあっ！」
あたしはまるで、だだを捏ねる子供のように首を振って、彼の胸を叩いて抵抗を試みた。
しかし、あたしが声を上げるために口を開いたから、口内にいとも簡単に彼の舌が侵入してきた。
ぴちゃーって音を合図に、リズムに乗って彼の行動がエスカレートする。
今までのキスとは違って、全く優しさが感じられない彼のキスに目頭が熱くなる。
彼はその行為に満足したのか、あたしの唇をやっとのことで解放すると、今度は唇から首に移動した。
痛ぁ……っ！
その痛みに眉をしかめるあたし。
「ね、雫ちゃん。清水磨刃が触れた場所はどこ？」
「へ?!」
「僕がその場所を、これから消毒してあげるから」
ちょっ！
なんなの──!!!
あたしは自分に覆い被さってる彼から、必死にその身をよじってなんとか逃げようとしたけど、彼はあたしの首筋に

吸い付いたまま、まるでヒルのように離れなかった。
「いい加減にして。もう、やめてよ！」
「言ったでしょ？　今日はお仕置きしてるんだ。雫ちゃんが僕に歯向かえないように。僕のことで頭がいっぱいになるようにってね」
「右典……ふ……にゅっ！」
あたしはまた、嫌々と首を左右に揺らしながら痛さに耐えた。
「抵抗しても無駄だからね？　キミが、僕以外受け入れられなくなるように、キミの体に教えてあげるんだから。そして、この綺麗な体を開いてあげるから」

このままじゃ……。
あたし、本当にこの人にヤられてしまうかもしれない！
あたしは恐怖からか、完全に泣きだしてしまっていた。
そのあたしの涙さえ、今の彼には効かなかった。
その間にも彼の行為は、だんだんとエスカレートする。
本来、理性を失った雄とはこうゆうものなのかもしれない。
雌を欲しがる雄……。
彼は、ただ目の前のあたしを思いどおりにすることで頭がいっぱいなのかもしれない。
そして、彼があたしのパジャマにそのまま手をかけようとした時。
トントンッと、誰かが二階へ上がってくる音が廊下に響い

た。

「雫～?　入るわよ?」
その足音をさせていたママは扉の向こうで、そう言った。
右典君はあたしから離れて、何事もなかったかのようにすぐさま窓際に行く。
それと同時に、この部屋の扉が開けられた。
「あれ、右典君もいたの?」
「あ、おばさん。僕は眠かったんですけど……雫ちゃんが勉強でわからないところがあるから教えてほしいって。だから、勉強を教えていたんです」
彼は、平然とそう言ってのけた。
あんたねえ……!
今、このあたしに何をしてた?!
この、猫被り!
あたしは右典君に一言文句を言ってやらなきゃ気が済まないという顔をして、彼を睨みつけた。
でも彼は、そんなあたしとは目を合わすことはなく、
「でも、明日も学校早いんで、勉強を教えるのは今度にします」
そうママに軽く会釈をして、あたしに「じゃーね!」って手を振って、部屋を出ていった。
このヤロ!!!
あたしは彼の出ていった扉を、すごい形相で睨みつけた。

「雫、勉強を教えてもらいたいなら、もっと早い時間にしなさいよ？」
ママは右典君の言葉をう呑みにして、「全く」とため息を吐くとベッドに腰を下ろした。
勉強ですって?!
右典君が教えようとしてたのは、性教育でしょ！
あたしの手は、まだワナワナと震えている。
でも、助かった……。
「それよりこれ……玄関に置きっぱだったわよ？　でね、なんか携帯が鳴ってるみたいだったから、持ってきたのよ！」
「そうなんだ。ありがと……」
あたしはママから学生鞄を受け取ると、勉強机の上に置いた。
そうだった……。
あのまま、鞄のことも気にしないであたしは自室に戻ったんだった。
「どうでもいいけど、あんたお弁当食べてなかったでしょ？」
「えーと、それは…」
げげー！
……忘れてた。
「食い意地の張ってるあんたが、お弁当食べないなんて、どこか具合でも悪いの？」

あのー。
あたし、ひどい言われようなんですけど……?
「別に。ちょっと、お腹が痛かっただけだよ!」
あたしはママにそう言って、学生鞄から携帯を取り出した。
その携帯の待ち受けには、着信ありと、新着メールありの文字が表示されていた。
——誰だろう?
「まあいいわ。夕ご飯はいっぱい食べてたみたいだし、治ったのよね? もう寝なさいよ!」
「心配してくれて、ありがとママ……」
あたしは笑顔でママを見送ると、急いで部屋の鍵を締めた。
これで、よしっと。
あたしは一安心して、自分のベッドに体を沈めようとしたら、隣の部屋から突如壁がノックされた。
そして、彼の声が壁を隔てて聞こえてきた。
「雫ちゃん……今日は邪魔が入ったけど、この次はそうはいかないからね。キミが歯向かうのなら、僕はもう容赦はしないから。覚えといて」
あたしはその声に、その言葉の意味に、ビクつきながら一歩後退りをした。
彼はなんの反応も返さないあたしに向かって、再び口を開いた。

「わかった? 子猫ちゃん。だって、Because you are

mine（キミは僕のモノなんだから）」
──え？
今、なんて言ったの??
「じゃあね。おやすみ」
彼の声はそこで途切れたけど、この日、あたしが素直に眠れるわけもなく、結局一睡もできずに朝を迎えてしまったのだった。

悠の疑問

悠side

「……んっ」
うるさい！
そんな声、出すな！
俺の上で喘ぐ女。
別に好きでも嫌いでもない……。
いや、女にそんな感情を持ったこともないし。
俺は……そうするだけ……。
なんの感情も持っていない女との夜。
互いの汗が飛び散る……。
コトが済めば用のない女。
ただのお払い箱……。
俺からは誘っていない、俺をそんな目で見るから抱いてるだけ……。
気持ちよくもなけりゃ、楽しくもない。
ただ欲をそこに出すだけ……。

俺は、その行為のあと。

女が使ってるシャワーの音をぼんやり聞いていた。
その時。
俺の携帯が鳴る。
めんどくさかったけど、とりあえずそれに出てみる。
「──はい」
『悠君?』
なんだ、磨刃か。
服を身に着けながら携帯に耳を寄せる。
「どうした? なんか用か?」
『悠君。また女といるの? ちょっと出てこれない? 俺、話があるんだけど』
「ああ、わかった」
磨刃の声はNOとは言わせない感があった。
だから俺は仕方なくOKの返事をした。
本当はこのまま、このホテルで朝を迎えるつもりだったけど、シャワーを浴びてる名前も知らない女に声をかけることなく、俺はホテルをあとにした。

それから、俺はバイクを走らせて磨刃のアパートに向かった。
メットの隙間から、夜風が容赦なく俺の頬を叩いた。
ちょっと長めの前髪が目にかかる。
ブルルッて音を鳴らして、軽やかに走るバイク。
早く、車の免許が欲しい……。

このうっとうしい風を受けながら、やっとの思いで磨刃のアパートに着いた。
今日は、磨刃の家に泊めてもらうか……。
話が終わって、夜中に家に帰るのはごめんだからな。
俺はそう思って、磨刃の家に到着すると、コンコンと軽くノックをしてから、磨刃の返事を待たずに、ドアノブを回して扉を開ける。
これはいつものことだ。
俺が磨刃の家にやってくる時は、事前に連絡を入れるから、磨刃は勝手に入れと言わんばかりに家の鍵を開けといてくれる。

「まあ、座ってよ」
磨刃は、見ていたテレビの前から離れてキッチンに立つ。
「ごめんね？　急に呼び出して……コーヒーでも飲む？」
「いいって。コーヒーは甘めにな！」
「でも、女といたんでしょ？」
「わかってるなら、呼び出すなよ」
俺はふて腐れながら、テーブルの前にあぐらをかく。
磨刃はそんな俺に、余裕ぶっかました表情でくすくすと小刻みに笑って、手にしたカップをテーブルの上に置くと口を開いた。
「ねえ悠君。そうゆう見境ないのやめたら？」
いつになく磨刃は、真剣に俺にそう言ってきた。

俺と磨刃との付き合いは、結構長いが、磨刃がキレたのはアイツの女と俺が寝た時、後にも先にもそれ一回きりだった。
それから磨刃は、俺が本気になろうとする女を片っ端から狙ってきた。
だから、女には本気になんかならないと心に決めた。
なのに、今日の磨刃はどこか変だ。
俺の女遊びなんか日常茶飯事で、興味もないはずの磨刃が、そんなことを注意をしてくるなんて、今まで一度もなかった。
「なんだよ。いいじゃん別に」
俺はテーブルに置かれたカップを手に持ち、飲もうとした。
「あっち！」
その中身は思ったより熱かった。
「ごめん、熱かった？　火傷してない？」
磨刃が俺の方を見ると、慌てた声を出す。
別に磨刃のせいじゃねーよ。
俺はそのことには触れず、言葉を紡いだ。
「で、話ってなんだよ？」
「あ、それね」
少し磨刃の頬が赤くなったのを、俺は見逃さなかった。
こんな磨刃の表情は久しぶりに見た。
磨刃はあの日から、俺が磨刃の女と寝たあの日から、あまり本心をさらけ出さなくなった。

こんな俺でも、あの時は後悔したんだ。
ただの欲求で、大切な親友を傷つけてしまったことに……。
あの時磨刃は、俺に謝ることさえさせてはくれなかった。
ただ、俺よりも自分を裏切った彼女に失望したようで……。
いや、女全般に失望してしまったのかもしれない。
それほど磨刃は、純粋だったんだ。
今なら、"中学生の俺、何してるんだ"って、タイムマシーンでもあろうものなら、一発殴りにいきたいぐらいだ。
だから俺は、磨刃が俺の女に、いくらちょっかい出そうが怒ることはしなかった。
でも磨刃と俺が違うところが、一つだけある。
それは、俺は女なら誰でもヤレるが、磨刃は好きな女以外は嫌らしい。
本人いわく、自分に触れられるのさえ気持ち悪いらしい……。
磨刃は、テーブルの上のカップを手に持って一口それを喉に流す。
そして、今度は真剣な眼差しを俺に向けて、口を開いた。
くっそー！
カッコいい。
男の俺が、磨刃の顔を見ながらそう思ってしまった。

「涛川雫のことなんだけど。悠君はマジな話、彼女のことどう思ってる？」

「ぶっ！」
磨刃にそう言われ、俺は思わず飲んでいたコーヒーを、そのカッコいい顔に吹き出してしまった。
だって、驚いたんだ。
まさか磨刃の口から、あの女の名前が出てくるとは思わなかったから。
「悠君、汚い」
磨刃はそう言うと、テーブルの傍にあったティッシュで自分の顔を拭く。
俺は磨刃のその動作を見ながら、口を開いた。
「どうって、別に。それにあれは磨刃が言いだした、ただのゲームだろ？」
「そうなんだけど、なんていうのかな、俺の中ではただのゲームじゃなくなってきてるんだ。だから悠君も、彼女のこと本気じゃないなら手を引いてほしい。生徒会長は見るからに本気っぽいし、これ以上ライバルとかって冗談じゃないからさ」

――磨刃が雫に本気？

磨刃のその言葉に、呆気に取られた俺は、飲んでいたコーヒーをまたまた吹き出しそうになり、慌ててゴクリと喉に流し込んだ。
っていうか、雫は磨刃のタイプか？

元カノとタイプ違うぞ?!
俺はいろいろな疑問を、このない頭の中で整理しつつ、磨刃にその疑問を投げかけた。
「磨刃、冗談だろ？」
その整理したセリフがこれ……。
他に言いようがあるだろっ、と俺は自分に突っ込みを入れた。
「いや、マジだけど？」
磨刃はにこーっと俺に笑顔を向けながら、「コーヒーのお代わりいる？」なんて聞いてきた。
「いや、いい……」
俺はそう断って、また頭の中で疑問を抱く。
右典にしろ、磨刃にしろ、なんでだ？
そんなにあの女は、いい女だっけか？
「いや、普通だよな……」
俺は言葉に出して、そう頭の整理を始めた。
もう頭の中だけでは、整理不可能なのだ。
「……くん……？　悠君？」
「あ！……なんだ？」
俺が自分の世界に入ってると、磨刃が目の前で、俺の顔を首を傾げながら覗き込んでいた。
くっそお……！
どんな顔をしてても、カッコいい。
俺が女だったら、間違いなくお前に惚れてるぜ！

「でもさ、磨刃は雫のこと嫌がってなかったか?」
俺はそう言いながら、あぐらをかいてた膝を伸ばす。
ちょっと痺れてきた……。
「うんそうかも。でもね、不思議と、零とは普通に喋れるんだよね。前の彼女の時は、カッコつけてたし」
磨刃の奴、元カノとカッコつけながら付き合ってたんかい!
んんなもん、つけなくてもカッコいーよ。お前は……!
悔しいから、んなこと言ってやんないけどな。
「だから、悠君にまた盗られる前に釘を刺しとこうと思ってね」
あーそうかよ!
そうゆうことかよ……。
ってか、なんで俺ムカついてんの?
「まあ、頑張って! 俺は応援はしないけどな」
俺は磨刃にそれだけ言うと、ベッドに潜り込んだ。
「もう寝るのー?」という、磨刃の声を聞きながら俺は目を閉じた。
なんだろう、このもやもやした気持ち……。
まさか、俺も?
いや、違う……。
磨刃はそれ以上俺に話しかけてくることはなく、自分の寝る布団をこの部屋の空いたスペースに敷いてた。

次の日、俺が学校に行くと、あのパッパラパーなバカ女が俺を待ってたかのように席までやってきた。
「悠君！　物申す!!」
「あーん？」
──なんなんだ。
朝っぱらからそのテンションは……。
「あたし……やっぱり悠君とは、付き合えません！　だから別れてほしいの！　それじゃあね!!」
そのバカ女は、それだけを言うと、言ってやったとばかりに得意げな顔をした。
そして踵を返すと友達の待つ自分の席へ戻っていった。
つーか、俺。
あのバカ女に、フラレたのか?!
向こうから付き合ってとか言ってきたクセに、次は別れてだと？
ふざけてんのか！

俺、なんか……。
カッコわりぃ…………。

俺は、なんかよくわかんないけど苛々(いらいら)しながら、自分の席にどかっと座った。

199

——ガラッ！
しばらくして教室の扉が開き、このクラスの担任がやってきた。
四角い箱を手に抱え、顔はにやにやしている。
今日のホームルームは、何が始まるんだ？
どうでもいっか。
俺はいつもこの時間は寝ているから、真面目にホームルームの議題を聞いたことがない。
ふぁ〜とあくびをして、寝る体勢に入ろうとした……。
ところで、俺の頭にチョークが飛んできた。
「あでっ！」
そのチョークは、見事に俺のおでこに命中した。
「こら、柳！　今日のホームルームは寝られちゃ困るんだよ！」
「つーか。だからってチョークはないっしょ？」
俺は担任を、睨みつけた。
このクラスの担任の橋本は、がははははと大口を開け豪快に笑ってる。
橋本ぉ！！！
その口に、特大のおにぎりを詰め込むぞ！
俺はなんか納得がいかなかった。
クラスには女の悲鳴と、男の笑い声が響く。
別に俺は、笑いは取ってないっつーの！
「んじゃあ……柳が寝る前に、今から席替えをするぞ？」

橋本はそう言うと、そのために持ってきた箱を教卓の上に置いた。
「席替えをしよう、しようと思ってたけど、なかなかする暇がなくてな……がはははは。んじゃあ、廊下側から前から順に、男から引きにこーい！　で、引いた奴は黒板に書かれた席に移動するように！」
黒板には橋本が適当に番号を書いてく。
だから、俺を寝かせてくれないのか。
席なんて、後ろ辺ならどこでもいーつうの。
俺はそう思いながら、ふと雫の方に視線を向けた。
あの女は、どこの席になるんだろ……。
別にどこでもいいけど、なんか気になった。
雫は友達と話しながら、紙を引く順番を待っていた。
「悠、お前の番らしいぜ？」
俺の席の前の、西原がそう言ってきた。
「……ああ」
そっか、コイツが引いてきたんだから次は俺の番だよな……。
俺はその箱から、手に掴んだ紙をそのまま引くと教室の後ろのロッカーの上に腰を下ろした。
女子が何かと視線を、俺の方に向けてくる。
つーか、そんなに人の番号が知りたいのかよ？
でも、俺もその一人だった。
雫はどこの席なんだろう。

そろそろ女子の順番になる。
俺はそれを、順番に目で追う。
アイツは自分の番になると、紙を引いてその番号の席に移動している。
それは廊下側の、真ん中辺りの中途半端な席だった。
俺は雫の隣の奴を、橋本に気づかれないように廊下に呼び出した。
「柳、なんだよ？」
「代われ！」
「はあ……？」
「だから、俺と席代われ！」
「えー？　柳の席って、どこなんだよ？」
そういえば、俺の席ってどこだっけ？
俺は自分の席を確認してなかったことに気がついた。
俺は首だけを教室に戻し、黒板に書かれてある橋本の汚い字を見た。
お ——— ？
「俺、橋本の机の前みたい」
「って、冗談じゃないよ！　なんでそんなクソ席と代わらなきゃいけないんだよ！」
ソイツは頭を左右に振り、教室に戻ろうとした。
クソ席って……。
確かにそうだが、そんなにはっきり言わなくてもいいだろ？

つーか、ちょっと……。
「待て ── !!!」
俺はソイツの腕を掴んだ。
「おい、タダとは言わないよ？ 席を代わってくれるなら、その代わりといっちゃぁなんだが、女をいくらでも紹介してやる！」
俺は見るからにモテなさそうなソイツに、そう言った。
同じクラスとはいえ、ソイツの名前を俺は知らない。
だからソイツと名付けよう！
「マジで？ 本当か？」
「ああ、大マジ！」
ソイツは目を輝かせて、俺と喜んで番号を交換する。
やっぱり男って、単純でバカな生き物だ。
こう言えば、どんな男でも大体は飛びついてくる。
でも俺は、その言葉にも引っかからない男を二名ほど知っている。
とりあえず俺は、こうして雫の隣の席をゲットした。
俺は廊下から雫の後ろ姿を睨みつけた。
どーだ！
ざまーみろってんだ！
俺から、逃げられると思うなよ？
あの女、自分から言ってきて、この俺様をフッたんだ。
それをこれから、後悔させてやる！
絶対に、別れてなんかやるもんか。

っていうか、俺は"来るもの拒まず、去るもの追わず"の
はずじゃなかったっけ？
なんで、こんなに気になってんの？
磨刃に言われたから？
右典と一緒に住んでるから？
——違う。
これはあいつ等とは関係ない。
俺の問題だ。
あーそうか。
俺も、雫に惚れたかもしれないんだ。

"渡したくない"
その意味を理解した。
わりぃ……磨刃。
今度ばかりは、俺も参戦させてもらうわ！
俺は、雫の隣の席になった自分の席に向かった。

席替え

あたしは結局眠れず、そのまま急いで準備をして家を出た。

それは右典君に会わないようにするため……。
鞄に突っ込んだ、弁当箱が左右に揺れる。
これじゃあ、おかずが左寄せとかになりそうだ。
そんなの気にしないけどね……。
昨日は何もなくてよかった。
けど、もうすぐ夏休み……。
あたしは、それが怖い。
だって逃げ場所がないじゃないかー！
学校では右典君は人当たりのいい……みんなから絶大な信頼を得てる、この学園の花の生徒会長。
でも家では、絶対に悪魔だ。
夏休み中、ずっと右典君と家で過ごすなんて冗談じゃないよぉ！
あたしは路面を踏みしめながら、その足がだんだん重くなってくるのを感じた。
お日様が、"何を悩んでるの"って感じで、あたしを眩しく照らしていた。
あたしはあんたが眩しい！

あんたは悩み事なんか生まれてこの方ないんだろうな、ってそう思った。
って、そもそも太陽っていつ生まれたの？
頭の中に変な疑問が浮かぶ。
どーでもいっか、そんなこと…。
それよりあたしは、今日はあることを決めていた。
それは……。
悠君に別れを切り出すこと。
そもそも付き合ってるカップルみたいなことはなんにもしていないんだけど、これ以上話がややこしくなる前にそういうことは、はっきりしておいた方がいいと思ったの。
悠君だって、あたしと付き合ってるクセに、やっぱり相変わらず色んな女の子とイチャイチャしてるのを見かけるし。
あたしは心が広くないから、そうゆうのはやっぱり嫌だ。

最初はそれでもいいとかって確かに思った。
けど、今は違う。
好きな人には、彼氏になった人には、自分のことだけを見てほしい。
自分のことだけを、愛してほしい。
そう思うんだ。
だからあたしと悠君の考え方は、根本的に違うんだ。
「よっしゃ！　気合い入れて別れるぞぉ！」
あたしは青い空に向かってそう叫んで、見えてきた校門に

向かって思いっきり走った。

教室にやってきたあたしは、自分の席に向かう。
誰もまだ来てなかった。
まあ、当然といえば当然かな。
こんな早朝だし。
そこであたしは悠君に別れ話を切り出す案を練りはじめた。
席に腰を下ろして、数学のノートからビリッと1ページ切り取る。
そこに別れの文字を書く。
何か悠君がすんなり別れてくれそうな方法は……と。
ぶりぶりで"悠君別れてほしいの……"（目はうるうる）。
少女マンガじゃあるまいし、こんな方法無理だよね……しかも、あたしのキャラじゃないし。
"ちょっと柳！　あたしあんたのこと、嫌いなんだよね！　だから別れて？"（眉間にシワ）。
<u>無理無理</u>。
あの顔を見ながら、こんなこと言えないよぉ……もっと変な顔なら言えるけどさ。
どどどど、しょぉ……決まらないし！
あたしは机に突っ伏して、自分の髪の毛をくしゃくしゃっと掻いた。

——ガラッ！

その時、悠君が眠そうな顔をしてやってきた。
悠君の後ろからは、クラスメイトも続々と柳悠に続けと言わんばかりにやってきた。
静かだったこの教室は、あっという間にクラスメイトに埋め尽くされた。
こうなったら、直球勝負よ！
あたしは覚悟を決めて、悠君の席に近づいた。
「悠君！　物申す!!」
「あーん？」
彼は低血圧なのか、機嫌の悪さがうかがえる。
あたしは思わず怯んで、少し後退りをする。
だめだめ、覚悟決めたんでしょ？
自分の心にそんな言葉を投げかけたあたしは、再び口を開いた。
「あたし……やっぱり悠君とは、付き合えません！　だから別れてほしいの！　それじゃあね!!」
早口でそれだけを言うと、退散状態で自分の席に逃げ帰った。
悠君に何か喋られる前に……みたいな感じだった。
そこに運よく、絵里禾があたしの席までやってきてくれた。
神の助けとはこのことだ。
あたしはほっとした。
これなら彼は、あたしのもとにやってこれないと思ったからだ。

来たところで、絵里禾が庇ってくれる。
そんな安心した思いで、あたしは朝のホームルームまで絵里禾とのお喋りを楽しんだ。

そして、チャイムの音とともに、このクラスの担任、はしもっちゃん（橋本）がやってきた。
その手に何やら箱を抱えていた。
今日のホームルームはなんだろう？
あたしはそんな不思議な面持ちで、はしもっちゃんに視線を向ける。
はしもっちゃんは、その箱を教卓の上に置くと、背後の黒板の方をにやにやしながら向いた。
そこで、一つチョークを掴んで、あたし達の方へ振り向く。
次の瞬間、ある場所にそのチョークを投げた。
前の席の生徒は、はしもっちゃんが投げたチョークを目で追いながら、一斉に後ろを振り向く。
「あでっ！」
そのチョークは、見事に悠君のおでこに命中した。
続いて、はしもっちゃんが口を開く。
「こら、柳！　今日のホームルームは寝られちゃ困るんだよ！」
「つーか。だからってチョークはないっしょ？」
今から寝ようとしていたのか、悠君がおでこを摩りながら、はしもっちゃんを睨む。

209

はしもっちゃんは、がはははと笑いながら目線を黒板に戻した。
クラスには女子の悲鳴と、男子の笑い声が響く。
悠君かわいそうーに！
あたしは、そう思いながら、顔をはしもっちゃんの方に戻す。
でも、いつもホームルームに寝ようとする悠君が悪いんだけどね……。
あたしが、はしもっちゃんの方に視線を戻すと、はしもっちゃんが黒板に何やら文字を書いている。
「んじゃあ……柳が寝る前に、今から席替えをするぞ？」
せ……席替え?!
なんでまた、この時期に？
もうすぐ、夏休みじゃん！
夏休み明けでもよくない？
あたしはあまりの唐突のホームルームの展開に、口をぽかーんと開ける。
確かにこのクラスになってから、席替えなんて一度もなかった。
でも、はしもっちゃんは、問答無用状態で言葉を続けてあたし達を促す。
「席替えをしよう、しようと思ってたけど、なかなかする暇がなくてな……がはははは。んじゃあ、廊下側から前から順に、男から引きにこーい！　で、引いた奴は黒板に書かれた席に移動するように！」

黒板には、はしもっちゃんが書いた適当な数字が書かれている。
やだなあ……悠君の隣だけは嫌だよ。
気まずいもん！
あたしがそんなことを考えてると、後ろの席の森さんがあたしの肩を軽く叩きながら、話しかけてきた。
はっきり言ってあまり話をしたことのない人……。

「ねえ、涛川さん……。やっぱり、注目度ナンバー１は悠君だと思わない？」
「えーと。そうだね……」
この人、何が言いたいんだろ……。
「あー！　悠君の隣の席になりたいわ～！」
森さんがそう言う。
あたしは、なりたくないよ……。
みんな、悠君に騙されてるんだって！
あたしはそう思ったけど、とりあえず森さんに相槌(あいづち)を打った。
すると森さんが、あたしに目配せ(めくば)をしてきた。
「ちょっと、次……悠君の番よ？」
へー！
別に、興味ないんですけどー？
しかしそれまで雑談していたクラスの女子が、その瞬間だけ静かになって悠君の姿を目で追う。

そして、同時にゴクリ唾を呑む。
それはまるで、何ヶ月も前から受験勉強をして、今からその合格発表がされますって、そんな感じだった。
そんなに、悠君の隣の席になりたいんかい？
あたしはそう思い、その背中を女子につられてぼんやり眺めた。
森さんは、「悠君の後ろ姿って痺れるわ〜」ってよくわからない、チンプンカンプンなことを言っていた。
悠君は箱から紙を引くと自分の席も確認もせずに、ズボンのポケットにクシャッと押し込んだ。
女子は、そんな姿まで目で追う。
そして悠君は、一番後ろまで移動して、そのままロッカーの上に腰を下ろす。
なんで、席を移動しないの？
あたしがそんなことを思っていたら、すぐに自分の番がやってきた。
あたしもあの箱から、紙を引く。
そして黒板に目を向ける。
あ……。
廊下側の真ん中だ。
結構、まあまあの席かな……。
今の席は何を隠そう、教卓の前だし……。
その席よりは、この際どこでもいい……そう思ってた。
何はともあれ、あたしは自分の席になったその席に移動す

る。
その隣には、名前も知らない男子が座ってた。
あたしはそれが悠君じゃないことに安心した。
けども、その男子をこっそり、悠君が呼び出して。
数分後、あたしの隣の席にはなんと悠君がやってきた。

なんで————……?!

あたしは自分の隣の席に座る彼の姿を、目の前で何が起きてるの？そんな状態で見つめた。
彼は、そんなあたしとすぐに目を合わせて肩を揺らしながら笑った。
「残念だったな。俺から逃げられると思ってんのか？」
「ちょ……！　なんで？　そこ悠君の席じゃないでしょ？」
「はぁ〜？　俺の席だけど？　つーか。これから、しばらくよろしくな！　お隣さん!!」
隣って……。
冗談じゃないわよ！
何が、どうなってるの？
さっきまで、あたしの隣の席には知らない男子が座っていたのに！
あたしはその人を目で追った。
その人は、はしもっちゃんの机の前に座ってる。
「アイツ？　アイツさ、俺の席と間違えてたみたいなんだ

わ……」
あたしが何も聞いてないのに、悠君がそう説明する。
「……そう、なんだ」
あたしはがっくり肩を落としながら、黒板の方に視線を戻した。

こうして、もっと地獄の毎日があたしを待ち受けていたのだった。

【下巻へ続く】

※この物語はフィクションです。実在の人物・団体等は一切関係ありません。

本書に対するご意見、ご感想をお寄せください。

あて先

〒160-8326
東京都新宿区西新宿4-34-7
アスキー・メディアワークス
魔法のiらんど文庫編集部
「一ノ瀬心亜先生」係

著者・一ノ瀬心亜 ホームページ
「シークレット★たいむ」
http://ip.tosp.co.jp/i.asp?I=keitakiyoko

「魔法の図書館」
(魔法のiらんど内)
http://4646.maho.jp/

魔法のiらんど

1999年にスタートしたケータイ(携帯電話)向け無料ホームページ作成サービス(パソコンからの利用も可)。現在、月間35億ページビュー、月間600万人の利用者数を誇るモバイル最大級コミュニティサービスに拡大している(2009年1月末)。近年、魔法のiらんど独自の小説執筆・公開機能を利用してケータイ小説を連載するインディーズ作家が急増。これを受けて2006年3月には、ケータイ小説総合サイト「魔法の図書館」をオープンした。魔法のiらんどで公開されている小説は、現在100万タイトルを越え、口コミで人気が広がり書籍化された小説はこれまでに140タイトル以上、累計発行部数は約1,700万部を突破(2009年1月末)。ミリオンセラーとなった「恋空」(美嘉・著)は2007年11月映画化、翌年8月にはテレビドラマ化された。2007年10月「魔法のiらんど文庫」を創刊。文庫化、コミック化、映画化など、その世界を広げている。

魔法のiらんど文庫

奪い★愛★[上]

2010年1月25日　初版発行

著者　一ノ瀬心亜

装丁・デザイン　カマベヨシヒコ(ZEN)

発行者　髙野 潔

発行所　株式会社アスキー・メディアワークス
〒160-8326
東京都新宿区西新宿4-34-7
電話03-6866-7324(編集)

発売元　株式会社角川グループパブリッシング
〒102-8177
東京都千代田区富士見2-13-3
電話03-3238-8605(営業)

印刷・製本　大日本印刷株式会社

本書は、法令に定めのある場合を除き、複製・複写することはできません。
落丁・乱丁本はお取り替えいたします。購入された書店名を明記して、
株式会社アスキー・メディアワークス生産管理部あてにお送りください。
送料小社負担にてお取り替えいたします。但し、古書店で本書を購入されている場合
はお取り替えできません。定価はカバーに表示してあります。

©2010 Cocoa Ichinose　Printed in Japan　ISBN978-4-04-868266-4 C0193

魔法のiらんど文庫創刊のことば

『魔法のiらんど』は広大な大地です。その大地に若くて新しい世代の人々が、さまざまな夢と感動の種を蒔いています。私達は、その夢や感動の種が育ち、花となり輝きを増すように、土地を耕し水をまき、健全で安心・安全なケータイネットワークコミュニケーションの新しい文化の場を創ってきました。その『魔法のiらんど』から生まれた物語は、著者と読者が一体となって、感動のキャッチボールをしながら生み出された、まったく新しい創造物です。

そしていつしか私達は、多数の読者から、ケータイで既に何回も読んでしまったはずの物語を「自分の大切な宝物」、「心の支え」として、いつも自分の身の回りに置いておきたいと切望する声を受け取るようになりました。

現代というこのスピードの速い時代に、ケータイインターネットという双方向通信の新しい技術によって、今、私達は人類史上、かつて例を見ない巨大な変革期を迎えようとしています。私達は、既成の枠をこえて生まれた数々の新しい物語を、新鮮で強烈な新しい形の文庫として再創造し、日本のこれからをかたちづくる若くて新しい世代の人々に、心をこめて届けたいと思っています。

この文庫が「日本の新しい文化の発信地」となり、読む感動、手の中にある喜び、あるいは精神の支えとして、多くの人々の心の一隅を占めるものとなることを信じ、ここに『魔法のiらんど文庫』を出版します。

2007年10月25日

株式会社 魔法のiらんど
谷井 玲

maho no iland bunko

魔法の☆らんど文庫

毎月 25日発売

魔法のiらんど文庫
information

＜強気な乙女×意地悪生徒会長＞大人気学園ラブコメディ"MT"
甘さも意地悪さも加速した、続編がついに登場！

想いが通じ合った、もうすぐ高校3年生になる流波ひめと七緒晴香。
意地悪な生徒会長・晴香とあま～く楽しい毎日を送るはずが……
突然、ひめに届いた大量の不幸の手紙。
差出人は、みんなが恐れる謎の依頼屋"BLACK ANGEL"だった!!!
次々と現れる邪魔者＆試練に、二人の恋は大ピンチ！

続！My Treasure
マイ　　トレジャー
[上][下]巻
zoku my treasure

「心愛（ここあ）」著

魔法の♡らんど文庫
information

大人気『Sweet♥Honey』繭の最新作!
超～リッチなカップル誕生?! ドSな超イケメンとドキドキ同棲生活

高校1年生のリナは、櫻木グループの社長令嬢。
16歳の誕生日に突然、パパからグループの社長にされてしまう!
さらに、青沢グループ若社長との結婚まで決められてしまって…。
しかもなんと、その相手はクラスメイトの優等生で──!!!

××なアイツ。
[上][下]巻

peke peke na aitsu

「繭(まゆ)」著

魔法の①らんど文庫
information

サイト読者540万人超の人気作！
王子様ふたりの間で揺れ動く、胸キュンラブストーリー♥

高校1年生の千那は、幼なじみで元カレの恭二を忘れられずにいた。
そんな時、出会った超イケメン・陸に、とつぜん唇を奪われてしまう。
強引で意地悪で、でも少し優しい陸のことが頭から離れなくなってしまう千那。
そんなある日、千那の学校へ陸が転入してきて――??!

<ruby>ドリーム</ruby> <ruby>プリンス</ruby>
Dream Prince
全③巻

Dream Prince

「未華 空央（ミハナ ソラオ）」著

魔法の❤らんど文庫
information

私が恋したあの人は――金色の悪魔
LOVE でいっぱい――甘くて楽しい学園ラブコメディ！

高校2年生の朱音は同じクラスの地味～な優等生、十哉くんに告られたけど、
あっさり拒否。その帰り道、男に襲われた朱音を助けてくれたのは、
「金色の悪魔」と呼ばれるもう一つの顔を隠していたかっこいい十哉くんだった。
十哉くんLOVEの女子や朱音に言い寄る後輩達の登場で
２人の周りは恋の大騒動に――!!?

恋する悪魔

koisuru akuma

「あゆ」著

魔法のiらんど × ASCII MEDIA WORKS　アスキー・メディアワークスの単行本

information

大人気『一期一会（いちごいちえ）めぐりあい』AKuBiy 最新作
誰もが号泣のラスト！
読む人すべての心をしめつけた超感動作――

佐藤夏は高校1年生の平凡な女の子。
そんな夏が初めて恋をした相手は、2つ先輩で彼女のいる時羽海。
一方的に見てるだけの報われない恋。
でも、海の弟・大地と友人・純平と知り合ったことで、
徐々に先輩との距離が近くなっていく――。

彼を好きな理由
[上][下]巻

kare wo sukina riyu

「AKuBiy（アクビー）」著